AF448870

El loro Mandarina

CDD   **Arrechea, Alejandro**
301   **El loro mandarina** / Alejandro Arrechea.
         1ª ed. adaptada. - Quilmes : Hypatia, 2018.
         214 p. ; 21 x 15 cm.

         ISBN: 978-987-4018-19-9
         1. Crónicas. I. Título.

Diseño: HYPATIA
Foto de Tapa: Nicolás Croce
Ilustraciones: Silvia Goméz

ISBN: 978-987-4018-19-9

Editorial HYPATIA
Buenos Aires – Argentina
Mail: hypatiaeditorial@gmail.com
Impreso en Argentina – Printed in Argentina

Jano Arrechea

El loro Mandarina

y otros relatos

Prólogos
Eduardo Montes y Dario Ergas

PRÓLOGO
Eduardo Montes

En cierta oportunidad sostuve una conversación con algunos amigos, la misma rondaba el tema de la inspiración y el interés se sintetizaba en la pregunta: "¿qué es la inspiración?".

Ensayamos algunas hipótesis sin acertar fehacientemente con un significado totalmente satisfactorio.

Estas hipótesis pueden resumirse en tres principales:

La inspiración sería el producto de un hipotético funcionamiento superior de la conciencia humana.

La inspiración es la expresión del contacto con la profundidad de la conciencia.

Estas dos hipótesis parecen no ser contradictorias entre sí, por el contrario tienen ciertos rasgos de complementariedad.

Una tercera postura ensayaba la posibilidad, más racionalista, de que ciertos temas, ciertas impresiones, "tocaran" a algunos sistemas nerviosos de tal modo que, como semillas en tierra fértil, terminarían por configurarse como obras inspiradas. En este caso, la inspiración sería el fruto de algunos estímulos acunados por una sensibilidad propicia para hacerlos crecer y madurar.

Leyendo la obra que nos toca prologar nos surge una nueva posibilidad respecto de la inspiración, en este caso, altamente inspirado, nos parece advertir el fruto de una determinada forma de mirar.

Estamos ante una mirada que advierte, una mirada ante la cual se muestran los infinitos mundos, con su diversidad y su aventura cotidiana, plena de rasgos de intensa humanidad que nuestro autor sabe expresar sin traicionar la grandeza de su pequeñez.

He aquí una plétora de historias que pueden ser las de cualquiera pero que, seguramente, también podrían ser las de los héroes o los grandes protagonistas.

Existe otra forma de determinar si nos encontramos ante una producción inspirada, ésta es la de observar de qué modo afecta a los eventuales lectores y/o espectadores.

En el caso que nos ocupa observamos al deleite como primera respuesta ante estos relatos, seguido por la admiración del talento implícito y el reconocimiento de una mirada muy especial puesta en juego para crear realidades y para descubrir los infinitos mundos en los pequeños mundos cotidianos.

En este tiempo tan desestructurado y generoso en crisis lo extraordinario puja por manifestarse.

Este conjunto de relatos nos muestra con claridad que lo extraordinario no necesita ser pirotécnico para manifestarse en plenitud.

Neuquén, Argentina
Julio 2018

PRÓLOGO
DARIO ERGAS

Tengo el encargo de hacer una antesala para que te introduzcas en estas páginas quizás con alguna precaución, quizás con algún contexto que pudiera facilitar zambullirte en el mundo de Jano Arrechea.

Te puedo decir que lo hagas con toda confianza; aquí no encontré nada que atemorice, que enoje o violente. Por el contrario, me fui llenando de alegría, de encuentro, de comprensión, reconociendo sentimientos como la paz interna o la bondad, a los que pudiera estar deshabituado y haber olvidado cómo expresar. Me pareció una obra muy fina y poco común. Un paseo por el alma humana, entre historias, diálogos y anécdotas donde hay una riqueza inagotable de posibilidades afectivas, formas del pensamiento y direcciones mentales. Así como cuando exploramos un paisaje montañoso, descubrimos los ríos, las cascadas, las lagunas quietas, la luz y la sombra del reflejo del sol en la piedra, las cumbres todas distintas de la misma cordillera, así estas historias van develando los encantos y los recodos del alma. Aun cuando caiga la noche y la envuelva la tormenta o el viento de nieve nuble la visión, Jano recorre un sendero de una extraña hermosura que arriba continuamente a un horizonte despejado. ¡Cómo hace nuestro autor para desplegar las mejores emociones de amistad!, con tal soltura que lo acompañé paso a paso, cuento a cuento, y fui observando la numerosa gama de sentimientos y posibilidades que se despliegan en la vida y que no suelo aguzar la mirada para distinguir.

La tensión dramática de cada relato está sostenida por emociones de altura, –y de verdad lector te digo, que ya eso pone a este texto en un lugar muy destacado de lo que conozco de literatura–, fue produciendo distenciones profundas, de suspiros amplios, de ojos humedecidos, de placentero humor. Cada narración va sorprendiendo, y la sorpresa te hace ir al cuento siguiente y al siguiente y al siguiente. Vas por un café, te sientas en la mesa de un bar, o frente a un fuego, o compartes un mate de esos que sorben los pueblos de las estepas andinas; el abierto futuro se cuela entre las angustias de la situación actual y una calma se va acomodando mientras me sobrevienen recuerdos cada vez más livianos de mi vida.

Este es un libro que por sobre todo, hace bien.

Me pregunté por el exceso de puntos suspensivos apenas empecé la lectura. Pronto comprendí que no son utilizados como pausa, ni para reemplazar los puntos o las comas. Más bien me parecieron señales para el recuerdo de mí mismo; rompen la identificación del relato cuyo suspenso es sutil y no requiere atrapar hipnóticamente mi atención, sino más bien, aumentar el recuerdo de sí y poder compartir junto con el autor la emocionalidad de su vivencia con la propia. A veces por similitud de experiencias, pero muchas otras veces, para reconocer algo que no he vivido, pero sí he buscado… y sigo buscando.

Ya son varios los veranos en que me encuentro con Jano en Punta de Vacas, allí, por donde se asciende al monte Aconcagua, el centinela de Los Andes. Suele ir con Pablo y Víctor desde Buenos Aires; yo en cambio vengo desde Santiago, y los intercepto, atraído por una atmósfera que crean entre ellos, para estar siempre al borde de lograr algo extraordinario. En mi escritorio conservo todavía la piedra de hierro que me regaló hace un tiempo. Un meteorito caído desde millones de años según él, en que probablemente la vida haya llegado en esa nave espacial desde el mismo origen del universo. Las mesas del Centro de Estudios donde residíamos estaban llenas de piedras que habían recogido entre el río y la cordillera. Los imanes se adherían a ellas, prueba indudable que cayeron del cielo. Jano estudiaba cada una y en cada grieta descubría una vida, uno oso, un homo sapiens haciendo fuego, cazando con flechas, esculpiendo una poesía. Alucinado los escuchaba como se habían detenido en el viaje desde la ciudad, dos o tres veces para anclar en el camino una estela que orientara a los viajeros perdidos en la ruta de la pampa: orientarlos hacia su propio centro interior. Me mantuve cauto cuando me enteraron del intento de repetir el lanzamiento de un misil mental que disolviera las tensiones de los poderosos del mundo, a punto del desastre nuclear. Todos recordábamos un primer mísil mental lanzado hacia 1980 desde ese mismo lugar en el que ahora nos encontrábamos; lo había consignado Salvatore Puleda en el Informe Tokarev, y concluiría al final de esa década con el desarme unilateral de la Perestroika soviética. O subía con ellos el cerro del frente del Parque de Estudios y Reflexión para reforzar los gigantes géneros naranjas que desafiaban la distancia y el viento de la montaña y llenaban el valle con un agradecimiento a Silo.

Los primeros escritos que me tocó leer de Jano Arrechea fueron sus ensayos sobre ciertos mecanismos de la conciencia, donde intentaba trascenderlos para descubrir lo que hubiera más allá de ellos; pretendía capturar las representaciones de lo que está fuera de lo posible. Recuerdo el primero, "El deleite en la experiencia del silencio"; luego "Sobre la alegría", más tarde "El campo de copresencia en la estructura conciencia-mundo"; son una pincelada para comprender el tipo de preocupaciones e intereses de este autor. Por eso cuando llegó a mis manos su publicación anterior "El burro educado" de editorial Hypatia, sentí que algo había cambiado en su forma expositiva o en su interés de comunicación con el ser humano. Recuerdo que le comenté sobre ese libro: "No soy de elogio fácil como me acusan, y sé distinguir lo bueno de lo muy bueno. Y lo tuyo, repetiría un par de veces el "muy", y quizás hasta alargaría por un rato la u. Has plasmado vivencias complejas en palabras simples y las has arraigado en anécdotas que capturan la atención y uno se rinde, y en un momento se deja llevar por un trasfondo que reencuentra el alma perdida." Este libro que ahora presento "El loro mandarina" o "El bar de las 12 alegrías", como me gustaría que lo hubiera titulado, profundiza la misma línea que ya se insinuó en ese anterior del Burro.

Cada capítulo es una aventura interior, desde los "relatos sueltos" del comienzo, que vencen las resistencias de la imaginación, para ser capturado por la ternura de "una tal cerebrito", cavilar con las anécdotas de "los principios", recuperar el amor a la humanidad junto a "un grupo de sapiens", divertirse sin bochorno con las descripciones de los "caracteres de la desilusión", o respirar hondo y admirar los "caracteres de la nueva tradición", brindar por el "código de la felicidad", aprender la alegría mientras se sirven pizzas en un bar, recorrer el folklore y las tradiciones argentinas con nostalgia, pero del futuro,y a veces, sólo a veces lo sublime presente en cada anécdota, se devela y detiene el tiempo en un espasmo de amistad.

Estos cuentos me han ido removiendo, desenterrando sentimientos guardados. Me recordaron algo importante que ocurre en lo cotidiano, ahora mismo que te escribo y te tocan mis palabras, algo que está en cada encuentro de un ser humano con otro, de un ser humano consigo mismo.

Santiago, Chile,
Junio del 2018.

RELATOS
SUELTOS

Una pregunta corta… una respuesta sentenciosa
y una limonada.…

–¿Cómo va tu vida, Germán?

Y el profesor Manosalva responde, mientras mitiga con su limonada un calor soberbio…

"Se va desarrollando… se va desarrollando… estoy en este momento, como repleto de ideas… no divagues, ideas…

Y mis emociones, mejor… tiendo a querer a las personas… y por fortuna, cada vez me importa menos lo que recibo de ellas…

¡Hay gente tan extraordinaria!… pero esta cualidad solo la puedo apreciar cuando salgo de mi microcosmos centrípeto…

Esta época es un revoltijo… lo peor de lo viejo todavía está vigente y es muy desagradable… y lo mejor de lo que se viene, aún es un pequeño brote…

Pero es un brote hermoso, ¿no es cierto?".

Errático y desconcertante…

En esos momentos, era poco lo que se podía influir en Gonzalo… él sentía una especie de impulso alocado que lo llevaba de acá para allá…

Era muy sociable… mucho… y todo el mundo lo quería… porque se hacía querer… era divertido y huía de cualquier responsabilidad o rutina…

Su grupo de amigos… eran muy parecidos a él… fiesteros y poco dóciles… Pero los años fueron pasando… y lo que en un tiempo eran gracias juveniles, empezó a tener ribetes un poco más complicados…

Porque Gonzalo ya traía una inercia de vida… que lo llevaba de repetición en repetición…

Sé que hizo intentos por cambiar… pero no pudo… no le salieron… y empezaron a darse bastantes conflictos alrededor de él…

Y cuando su intensidad vital fue mermando… cuando la fiesta era poca y los problemas eran varios, Gonzalo se fue… sin avisar y quizás, sin avisarse…

Se fue de la vida… como si su destino hubiera terminado… como si los dioses le hubieran dicho… "Amigo… no se puede disfrutar más aquí… ya es tiempo de volver…".

Y desde su partida, todos recordamos su lado A… sus gracias… su bestial sinceridad… y su habitual sonrisa compradora…

Carcajadas…

Veníamos contentos… cansados, reconfortados y contentos… una combinación propicia para tentarse y no parar de reír…

Éramos cuatro… el viaje era largo y veníamos en esa falsa estática de los 120 kms. por hora…

Y empezamos a contar alguna que otra anécdota… de lo que habíamos vivido los días previos… y el tono emocional fue subiendo hacia la alegría…

Pero hubo algunas anécdotas que precipitaron el desborde….

La primera… estando medio perdidos buscando como llegar a la casa de una amiga… en camioneta… y después de fracasar con varias improvisaciones, no nos quedó otra que consultar a un vecino… que venía caminando en dirección contraria…

Paramos el vehículo… el hombre se detuvo ante nuestra consulta… y nos fue respondiendo… eso sí, con bastante dificultad… porque era tartamudo… pero superando su lío y con gran amabilidad, logró hacerse entender. Y nos quedamos agradecidos por el esfuerzo del hombre… y algo divertidos, por el desenlace de la situación…

La segunda… veníamos por la ruta… en alta montaña… curva tras curva… y sobre un muro vemos un grafitti que decía: "Te amo, Peladín"… y abajo, firmando sin ningún pudor: "Yo… tu lechona…".

Y el torrente de carcajadas se realimentó por varios kilómetros… e inevitablemente, los cuatro nos unimos más… y sentamos una base emocional muy agradable para todo el viaje…

Procesos cotidianos…

Fuimos a un almacén… y pedimos varios fiambres porque la tropa era numerosa… pero surgió un problema… la almacenera no quería cortar el jamón crudo… según dijo era porque haciéndolo, hace un tiempo, se había cortado un dedo…

Le dijimos que lo mismo le podía pasar con cualquier otro fiambre… pero ella nos comunicó que "su problema" era sólo con el jamón crudo…

No insistimos… hasta que después de cortar todos los otros fiambres, ella recapacitó… y se dispuso a enfrentar su temor…

Pero en los comienzos de estos intentos, la tensión suele contribuir a que las cosas no salgan muy bien…

Y finalmente salió el jamón crudo para nosotros… pero con el grosor similar a una milanesa de peceto… igual le entramos… teniendo mucho cuidado con el hincado dental… porque la superficie era difícil… y los dientes, algo antiguos…

Después del almacén, fuimos a tomar unos cafés… al rato dos señoras se sentaron en la mesa de al lado… y comenzaron a conversar…

Una de ellas dijo algo así: "… cuando nosotras fuimos al colegio, no se le daba mucha importancia al arte… más bien se lo escondía… era algo como inútil… luego las cosas afortunadamente cambiaron…".

Y a mis hijos los impulsamos para ese lado… ¿te acordás cuando Pedro tenía unos 10 añitos?… dio su primer recital de guitarra… y estuvimos todos muy felices…

Pero ahora Pedro tiene 34 años… y es demasiado "volado"… no hay modo que ponga "sus pies en la tierra"… casi no puedo hablar con él…

Y se pelea mucho con mi marido… sigue viviendo con nosotros… y no se puede adaptar… en fin, ¡es un lio!… ¿Se te ocurre algo que pueda hacer? ".

Y la amiga contestó: "Ni me hables del tema… tengo el mismo problema con Sebastián… 32 años, pinta cuadros… y ni medio proyecto de irse de casa…".

Probabilísticas imaginarias… la almacenera superará su temor al corte del jamón crudo… las madres y sus hijos artistas… mmm… no me juego por ningún desenlace… jaja…

Creencias supersticiosas…

Ella se despertó por la mañana… de muy mal humor… y en ese clima general, empezó a buscar los motivos de su mal ánimo… empresa difícil….

Entonces comenzaron sus "creencias supersticiosas"… o sea, afirmaciones con muy poco fundamento… posibilidades volátiles lanzadas para encontrar una respuesta…

"Me parece que dormí de más"… arrancó… "lo que comimos anoche me cayó algo pesado"… siguió…

"Entra un poco de luz en la habitación ¿no?"… al rato … "me parece que tuve un mal sueño"… ya con el café… y hubiera seguido lanzando posibilidades livianas… frases hechas que no alcanzan a convencer al que las dice… ni a aquel que las escucha…

Estamos colmados de creencias algo supersticiosas… articulaciones mentales que, a veces, intentan ordenar los misterios o el azar en que vivimos…

El misterio y el azar… que no se doblegan así no más… y menos por una frasecita…

Por ejemplo… alguien dice: … "esto me pasa por ser demasiado bueno"… y es una sentencia indemostrable… que unta a ese alguien de una pátina de una supuesta bondad… cuando quizás lo que le pasó, se deba a otros factores…

Creencias supersticiosas… buscadoras de explicaciones fáciles… un modo más de no pensar en serio…

Una vez escuché a alguien muy sabio decir: "Las creencias son como un eructo de la conciencia"… y las creencias supersticiosas le suman ese carácter de explicación mágica… sin posibilidades de demostración…

Me detengo acá… porque me está doliendo un poco la espalda… seguro es porque hace mucho que no como frutas… jajaja

Esperando un bus…

Existe una ley casi universal… "El que no sabe cómo darle a su vida un poco de coherencia, se transforma en un sabio que pontifica sobre la vida de los demás…".

Esto le dijo, con algo de énfasis, Horacio a Ezequiel… mientras esperaban un bus a altas horas de la madrugada…

Y se rieron bastante… e intentaron desentrañar el origen de este curioso acertijo…

Horacio se explayó sobre los "roles compensatorios"… y dijo algo así: "Muchos esconden su mundo interno… lo esconden detrás de roles que son justamente lo contrario a lo que experimentan a diario… así el inseguro se muestra como seguro… el temeroso como valiente… el confuso como inteligente…

Así, si escuchan al otro emplazados en esos roles, es coherente que enjuicien, aconsejen, enseñen, orienten y, en definitiva, "sepan" lo que les pasa a los demás… es desde su Superman que lo hacen…".

¡Bien, Horacio!… pensó Ezequiel, mientras se sonreía… y por su parte, le agregó una cuasi pequeña teoría proyectiva… "También mucha gente se proyecta en el otro… es como si saliera desde ellos un holograma de sí mismos… que llega al otro… y se le superpone… entonces, el otro ya no es sólo el otro… es el otro, más algo de ellos…

Entonces… lo que opinan, enjuician o recomiendan es como para ellos también… es como si le aconsejaran al holograma de ellos… más que al otro… Por eso tantos desorientados tienden a contar con soluciones para todos… porque necesitan hacerlo, necesitan decirse cosas a sí mismos…".

Mientras Horacio dudaba sobre si armarse o no un cigarrillo, a lo lejos se empezó a insinuar la silueta del 12… su esperado bus…

Horacio guardó su tabaco y ambos pusieron algo de atención a la parada, al colectivo y a los lugares hacia los cuales se dirigían… ya encaminados hacia sus destinos… la charla prometía nuevas conjeturas psicológicas…

Daniel… un pub… y dos colifas…

Daniel acababa de subir al 109… un bus que lo acercaría a casa de sus amigos… y al entrar al bus, empezó a aliviarse de un calor pegajoso… hace algunos años que muchos buses de Buenos Aires, tienen la grata costumbre de contar con aire acondicionado. El bus parecía un pub… unas pocas luces rojas y baja luz general… y alcanzó a ver, al costado del chofer, una especie de bandejita plateada… con vasitos, botellitas de whisky y cognac… todas pegadas a la bandejita… simbolizando, quizás, que el chofer era "un hombre de la noche"… en fin…

"Todo al tono", pensó Daniel, divertido… y se fue desplazando hacia el fondo… y se sentó en la última fila de asientos… que son cinco…

Quedó ubicado a la derecha de un joven, que de entrada le pareció algo tenso… pero ya más de cerca, le fue evidente que no estaba en sus cabales…

Repetía una serie de movimientos nerviosos, muy nerviosos… se cambiaba la gorra de lugar… luego se palmoteaba el pecho… seguía con un bufido largo y terminaba palmoteándose la cara… y toda esta serie la repetía… sin interrupciones…

En una parada subió otro pasajero… que también tenía lo suyo… mientras se dirigía hacia el fondo, revoleaba los ojos sin parar… y caminaba un poco en zigzag y casi en punta de pies…

¿Y dónde se sentó el amigo?... a la derecha de Daniel, claro… que, abriendo un poco sus ojos, concluyó para sí: "Quedé sentado entre dos colifas". Y se mantuvo alerta… sereno pero alerta… tratando de no interferir en sus respectivos movimientos…

Advirtió que el amigo de la derecha vestía un pantalón de montaña… con muchos bolsillos… y trataba con insistencia de fabricarles una raya en el medio… lo hacía, con sus dos manos, primero con la pierna izquierda… hasta la rodilla… fracasaba y seguía con la pierna derecha… y seguía fracasando… y no parecía importarle… porque retomaba la serie…

A Daniel, el amigo de la izquierda le pareció un "colifa nuevo"… o sea alguien que perdió la cordura hacía poco tiempo… el de la derecha, en cambio, le pareció un "colifa antiguo"… quizás, desgraciadamente, había nacido así…

En unas de las paradas, el "colifa nuevo" detuvo sus movimientos… y se tensó como un tigre al acecho… el bus paró… y luego de unos segundos, pegó un salto felino, limpio e hiperveloz… y alcanzó a bajarse justo antes que las puertas se cerraran…

Y Daniel se dijo a sí mismo: "¡Que ciudad y que época esta!… uno se dispone a hacer un viaje breve… común y corriente… pero sin aviso, uno se encuentra como viviendo un sueño"…

Y al bajar, se divirtió imaginando como titular lo vivido… "El 109… copas y un descenso hacia lo imprevisto" … o podría ser: "El 109… un bus con tragos y sueños"… o también: "El 109… al fondo, los tres chiflados…".

Heriberto y su loro Mandarina…

El humanista y matemático Heriberto Cuartas vive en Mal Abrigo… es argentino, pero hace varios años vive en ese pequeño pueblo, cercano a las sierras de Mahoma, en la República Oriental del Uruguay…

Su loro hablador, al que apoda Mandarina, lo acompaña hace años… y lo tiene acostumbrado a responder siempre a sus preguntas con la matemática expresión: "Ni más, ni menos".

Esa mañana luego de matear lo suficiente y de leer por un rato un libro de economía, se dio este diálogo entre Heriberto y su loro…

"¿Es cierto que muchas personas sólo se sienten protegidas cuando les es propicio el dios de la época, el Dinero?".

Y Mandarina respondió: "¡Ni más, ni menos!".

"¿Es cierto que muchas personas viven muy externalizadas, olvidadas de su mundo interno y de su propósito en la vida?".

Y Mandarina respondió: "¡Ni más, ni menos!".

"¿Es cierto que la humanidad aún no ha podido dejar atrás la aberración de la violencia?".

Y Mandarina respondió: "¡Ni más, ni menos!".

"¿Es cierto que, a pesar de lo anterior, en muchos y valiosos corazones anida la esperanza de un mundo humanizado… libre de violencias y de explotación?".

Y Mandarina respondió: "¡Ni más, ni menos!".

Y Heriberto se sonrió… y le obsequió un grisín entero a Mandarina… que lo apresó con su pico al instante…

Y recordó, salvando las enormes distancias, el brillante y dramático cuento "El cuervo"… del genial Edgar A. Poe…

Y le dijo a su loro hablador: "Afortunadamente soy rioplatense y tú no eres un cuervo, amigo…

Porque nuestra esencia, nacida en la inmensidad de la llanura y con un toque tropical, siempre nos inclina hacia la ironía y el optimismo"…

"¡Ni más, ni menos!"… volvió a escuchar Heriberto… mientras llevaba el termo, el mate y los libros, desde la galería hacia la cocina…

No hace falta aclararlo… era la voz del inefable Mandarina…

Pequeños trances… lo desencajado…

Lo acabo de ver a Batman…

Yo estaba sentado tomando un café… atardecía… y me encontraba disfrutando de esas lindas veredas porteñas… donde aún se permite inhalar unos benditos humos…

Leía un apuntecito breve y bastante desconocido de Silo… que un amigo encontró hace poco…

Y, de golpe, veo que Batman dobla en la esquina, caminando hacia la mesa donde me encontraba…

No era un cualquiera disfrazado... ¡no!... era alguien de más de 1,80 mts... atlético y con un atuendo muy, pero muy perfecto... y además, caminaba como un superhéroe... algo rápido y como si tuviera una misión que cumplir...

Cuando estaba a un par de metros míos, se acomodó la parte izquierda de su capa... seguramente como haciéndole un guiño a mi perplejidad...

No pude evitar darme vuelta para seguir mirándolo... y para aumentar mi shock… veo que Batman entra al supermercado chino...

Menos mal que ya había pagado el café... me pude levantar e irme con toda esa secuencia intacta... no sea cosa que cualquier acontecimiento razonable me rompiera el encanto...

Creo que estuve unos dos minutos sin pestañear... hasta prendí un cigarrillo sin hacerlo...

Ya yendo hacia mi casa, me imaginé que tal vez hoy lunes, Alfred tenía franco... o que quizás el hombre-murciélago estaba siguiendo los pasos de la mafia china...

Y me dije... "ésta ha sido una gran vivencia... de mucho valor... y en reciprocidad con los Dioses, no me quejaré por un tiempo ni del tráfico, ni de los ruidos... ni tampoco de lo áspera y deshumanizada que se ha puesto esta ciudad...".

Lo acabo de ver a Batman... y una vez más, mi forma habitual de percibir fue trastocada por lo desencajado...

Vivencias intensas…

"Así no… llamame de cualquier modo, ¡pero así no!"... dijo ella enfática, en un momento en que ya no se podía volver atrás…

Pero en vez de enojarse… o empacarse… u ofenderse… los dos se tentaron… mucho… e increíblemente fue el toque necesario para que el encuentro fuera perfecto… sí… perfecto… está bien dicho… o bien escrito… porque al tentarse y reírse tanto, se les aflojó la emoción… A ambos les pasó… y la energía circuló libre... en todas las direcciones… sin impedimentos… y el encuentro se potenció para arriba…

Y las imágenes de todo tipo se sucedieron y se mezclaron… Hubo muchas imágenes visuales... y también hubo sabores... sonidos... ritmos... aromas... sensaciones… En fin, fue una fiesta…

Y cuando el misterioso y bendito torbellino amainó, se volvieron a tentar… más que antes… y los dos, por primera vez, se sintieron amigos… además de amantes…

Dignidad guaraní…

Arnaldo Oviedo es hijo de paraguayos… tiene algo más de 40 añitos… y vive en Argentina hace años…

Sus padres, comunistas, tuvieron que exiliarse al comienzo de la dictadura de un tal Stroessner…

Arnaldo preside una muy pequeña cooperativa… especializada en trabajos de construcción…

Él, junto a cuatro compañeros están terminando unas refacciones en una empresa… y surgieron unas diferencias entre lo que habían presupuestado y el trabajo que ahora les reclaman…

Está en la oficina del contratista… y no parece haber acuerdo… y Arnaldo le dice al hombre: "Mire señor… nosotros hemos actuado de buena fe… el trabajo que ustedes pidieron está terminado y está muy bien hecho… Usted insiste en que arreglemos dos techos más… que no están incluidos en el presupuesto".

El contratista insiste... que el arreglo del trabajo adicional había sido "de palabra"… y Arnaldo se da cuenta que el hombre le está mintiendo…

Hace un silencio y le dice: "Señor, seguramente será la última vez que nos veamos… usted no actúa de buena fe… quiere que trabajemos gratis… y me está corriendo tácitamente con la posibilidad de no pagarnos el 50% que nos falta cobrar… así que no perdamos más tiempo… próximamente tendrá noticias de nuestro abogado".

Y el contratista vuelve a insistir… ahora con el argumento que la empresa anda mal… que están con problemas hace tiempo… En fin, lo de siempre…

Y Arnaldo, viendo que la situación no procesa, le dice: "Señor… le pido por favor que no insulte mi inteligencia, tratando de sensibilizarme con lamentos ficticios…

Con lo que me acaba de decir, me ha hecho acordar de unos versos que me recitaba mi abuelo… Cuando a mí, de chico, se me daba por llorar… como haciendo un rito dramático para intentar lograr lo que quería…

Los versos empezaban así: "¡Llora, llora urutaú!… en las ramas del yatai… ya no existe el Paraguay… donde nací como tú… ¡llora, llora urutaú!".

Y Arnaldo se despide… da media vuelta… y se va derechito… casi como sacando pecho… y como sonriendo… mientras sigue repitiendo, como una letanía: "Llora, llora urutaú… en las ramas del yatai…".

Un hazmerreir…

"¡No es serio esto!… ¡no es serio… sos un idiota… esto es un hazmerreir!"… exclamó Viviana… y bastante razón tenía…

A su amigo Pablo le gustaba el absurdo… mucho le gustaba… y le encantaba también sorprender a sus allegados… Por ejemplo… durante 15 días, les contó a sus amigos, con énfasis y fundamentos, que se había hecho vegetariano… y luego los invitó a una cena…

Cuando sus invitados llegaron se encontraron con un cerdo y un cordero abiertos al medio… sobre una parrilla…

Pablo no podía evitarlo… solía imaginar situaciones que, de golpe, se transformaban en ridículas… y se las ingeniaba para ponerlas en práctica…

Y se justificaba diciendo que hacía esas cosas para compensar su cara formal… que una vez, se dio cuenta que las personas lo tomaban demasiado en serio… y que eso no le gustó…

Vivir en un pueblo chico le facilitaba las bromas… conocía a todos y nadie le negaba un favor…

Y Viviana era una chica algo antigua… tirando a formal… era poetisa… y era su cumpleaños… 32 cumplía…

Eran unos 40 en el evento… en una gran sala… y a los postres, Viviana fue abriendo los regalos… cuando terminó, Pablo dijo que había preparado una perfomance… en base a una poesía de la cumpleañera…

Y la inquietud fue ganando los corazones… y Pablo bajó un poco las luces… abrió un librito y arrancó lento con su lectura….

"Era una atardecer perfecto… los perros se agitaban en un éxtasis de libertad"… y un cómplice abrió una puerta… y ladrando, fueron entrando 28 perros de distinto tamaño a la sala… y la inquietud general fue aumentando…

Y Pablo siguió:" Las palomas volaban en grupos perfectos"… y de una caja salieron volando más de una docena de palomas…

Y continuó: "Los murciélagos ansiosos, preparaban sus vuelos nocturnos"… y desde dentro de un cajón que alguien abrió, empezaron a moverse, algo dormidos, unos veinte de ellos…

Cuando los murciélagos empezaron a volar, se armó la estampida… la mayoría empezó a huir despavorida hacia el patio…

Y Pablo y otros pocos cabrones, en el medio de ladridos, palomas y murciélagos, no podían parar de reírse…

Y de a poco, la mayoría también… y al final, hasta Viviana, se sonreía resignada…

Para la exasperante quietud de ese pueblo chico, la perfomance fue un inolvidable baldazo de vida. Pero ahora quedaba lo más difícil… juntar los 28 perros y devolverlos a Lucho, el veterinario…

Las palomas volverían solas al palomar de Esperanza, la tía de Pablo… los murciélagos tenían vía libre… tres noches le había costado a Pablo capturarlos…

Una hora… en un intenso revoltijo…

Francisco es argentino… pero, desde hace varios años, vive en España… Ahora volvió, de visita, solo por una semana…

Le quedaban un par de horas libres y decidió visitar su barrio… Once, en la ciudad de Buenos Aires…

Tomó un bus desde Palermo… se bajó en la Plaza… y desde allí comenzó a caminar relajado hacia el centro… Recordaba un bar, en una esquina a tres cuadras… quería saber si aún se mantenía en pie…

Ya en la mitad de la primera cuadra, se empezó a sorprender… sobre la vereda, una madre y cuatro hijitas muy rubias... vestidas muy pulcras y muy a la antigua… cantaban en alemán… y una de las hijas pedía colaboración con una especie de gorra…

"Pueden ser de un grupo religioso", pensó Francisco… pero lo llamativo para él, fue que cantaran tan fuerte… tan intensamente…

El bar que recordaba, estaba ahí… algo cambiado, pero estaba ahí… Se sentó en las mesas de afuera… pidió un café y una medialuna… y se dedicó a observar el paisaje… sobre todo el paisaje humano.

De repente, se le acercó un joven… con clima de urgencia… ofreciéndole unas medias… Y lo hacía también con mucha intensidad… como algo de vida o muerte. Francisco tuvo que acceder a la compra… y la intensidad se alejó por unos momentos…

Se comió su añorada medialuna…. y se tomó el café… y de golpe, tuvo a su lado a una mujer… que le empezó a hablar del Evangelio… y empezó a rezarle, casi al oído… con demasiada intensidad… también como algo de vida o muerte…

La mujer terminó… lo miró a los ojos largamente… como si fuera una pitonisa… le pidió un cigarrillo y se fue…

Francisco, se empezó a sentir como invadido… y al ratito, pensó que ya era hora de volver a Palermo… llamó al mozo, pagó… y se acercó a la parada del bus…

El bus llegó… Cuando se disponía a subir, vio que venía una joven… le hizo un gesto, como indicándole que subiera primero que él…

Y la joven le dijo: "Subí primero… ¿Qué te creés, que soy más débil que vos?" … con un tono desafiante y demasiado intenso…

Francisco subió primero, claro… y se sentó… y pasó de sentirse invadido a sentirse como apaleado…

Y cerró sus ojos… y ensoñó con una caricia suave y delicada de Ana, su pareja…

Y luego, pensó: "No tengo idea qué está pasando en 'todo Buenos Aires'… pero en estas tres cuadras, esta horita ¡qué intensidad brava tuvo!".

El hombre aceituna…

Todos en el trabajo lo llamaban así… el hombre aceituna… El apodo surgió en el hospital donde trabajaba. A la vuelta de sus vacaciones, siempre traía frascos de aceitunas como obsequio para sus compañeros…

Las traía de su provincia natal… Catamarca… Nuestro amigo era anestesista, también solía ser responsable, solidario y buen amigo…

Todo iba bastante bien en su vida… hasta que un día se enamoró… de una morocha que también trabajaba en el hospital…

Fue un flechazo, diría él siempre… Ella era enfermera… y cada tanto se cruzaban por los pasillos…

Él intentaba acercarse… ella, siempre cordial… aunque no le daba mucho margen para avanzar…
Un día se cruzaron y entre algunas palabras intercambiadas, nuestro amigo le comentó el apodo que le habían puesto sus compañeros… y ella se rió mucho… mucho…

Y le preguntó si a él no le molestaba… él dijo que le divertía… y nuestra enfermera se siguió riendo… y a partir de este hecho, la relación se hizo más fluida…

Ariel, que así era su nombre, le iba contando a sus compañeros el desarrollo de su intento de conquista… y ellos lo animaban a que siguiera insistiendo…

Pero en algún momento, la relación se trabó… y sus compañeros, por las suyas, idearon algo para ayudarlo…

Agustina, que así se llamaba la morocha, al principio no lo podía creer… pero al ver lo que tenía ante sus ojos, algo en su interior se conmovió…

A la entrada del hospital, los compañeros de nuestro amigo habían colgado un cruzacalle… que decía: "Agustina… soy Ariel, el hombre aceituna… te amo desde el primer día que te vi…".

Y Agustina aflojó… y le aceptó una salida para el siguiente sábado… y con el tiempo se emparejaron… y sus compañeros y él, se hicieron bastante famosos en el hospital…

Así, el compañerismo, ese sentimiento tan genuino y bello… hizo su parte… como tantas veces, casi a contramano de la época…

Y todos los meses… el hombre aceituna y Agustina organizan una cena en su casa… y van los ideólogos del cruzacalle y otros…

Y se divierten mucho… y mantienen acorralada, a su modo y con bastante eficacia, a esa forma mental tan deplorable, conocida como individualismo…

UNA TAL

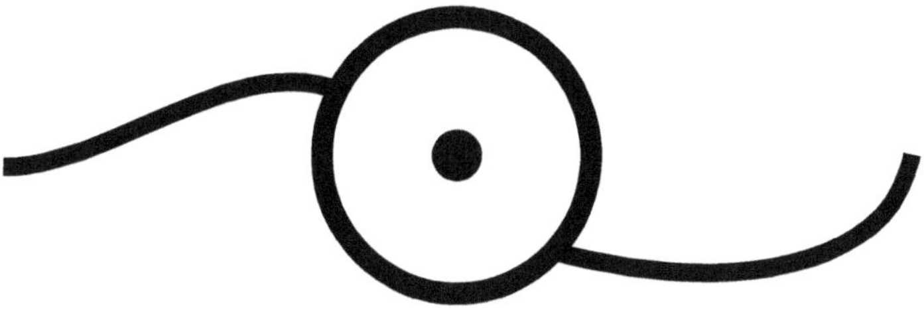

CEREBRITO

Cerebrito y una ONG....

Natalia es ajedrecista… y la menor de seis hermanos… y vive en un ambiente "progre y cool"… un ambiente de pseudo sensibles… de pseudo ecologistas… de pseudo "contrasistema"…

Estos "pseudos" están como de moda… y así son las modas… desarrollan la fachada externa, la vestimenta y la pose… las desarrollan y las perfeccionan… y las vacían de contenido… que sería lo único importante ¿no?… en fin…

Pero Natalia esto lo ve… lo ve clarito y hace tiempo… es alguien que tiene muy activas sus neuronas… siempre las tuvo… Cerebrito, le decían de más chica…

Y está casi discutiendo con Félix, su mejor amigo… acá sentados en un bar de comida iraní…

Félix está apoyando una campaña de una ONG… para que, en los barrios periféricos, se aprenda a separar los residuos domiciliarios…

Lo que para Natalia es algo tan secundario y fuera de contexto, que la enoja…

Y le dice con énfasis a su amigo: "Félix… si uno intenta ponerse en el lugar del otro, lo intenta en serio… uno se pone en el lugar del otro… y también en 'la situación del otro'…

Porque eso de decir: 'me pongo en el lugar del otro', pero hacerlo proyectando sobre él la propia situación… como si el otro tuviera las mismas posibilidades que uno, es como mínimo un error…

Te nombro algunas necesidades que, en esos barrios, estarían antes de la separación de residuos… agua potable… cloacas… vivienda… asfalto… trabajo en blanco, etc… antes que ese tan civilizado y ecológico proyecto de la ONG…

La intención es buena… pero fuera de momento… es como decirle a alguien que no tome agua del río, porque puede estar contaminada… pero resulta que es la única agua que el otro puede tomar… o hacer una campaña para repartir medias… entre gente que no tiene zapatos".

Y Natalia o Cerebrito, necesitaba "cerrar" su idea… y le dijo a su amigo: "Félix… el que puede más, siempre puede menos… pero el que puede menos, no siempre puede más…

Es una frase que escuché hace tiempo… y es tan certera y clara que no la olvidé nunca".

Y Félix le respondió con humor: "Natalia… sos una pinchaglobos… tus razonamientos siempre van hacia el jaque mate… y casi siempre lo logran… ¡pero sos una jodida pinchaglobos!".

Y se despidieron con un abrazo y con afecto sincero… y Natalia se quedó pensando en la respuesta de Félix… porque ella sabía que pensar era su gloria… pero a veces, también era su perdición…

Un energúmeno…

Natalia es una excelente ajedrecista… la menor de seis hermanos… todos varones, menos ella… y vive en un ambiente "progre y cool"… un ambiente de pseudo sensibles… de pseudo antisistema…

Natalia conoce muy bien ese ambiente… de apariencias ficticias…. porque ella tiene muy activas sus neuronas…

Cerebrito le decían y todavía le dicen sus hermanos… que hoy están escalonados entre los 28 años y los 19 de Natalia…

Germán es uno de ellos… y es la contracara de Natalia… Tosco, le dicen… porque es así… medio corto y muy bestia… y atolondrado corporalmente…

Natalia siempre recuerda los moretones que le dejaba cuando jugaban de chicos… y, sobre todo, no olvida aquella vez… en que su hermano-bestia la hizo quedar muy en ridículo…

Ella iba a tener una de sus primeras salidas… Tendría unos 14 añitos… y el muchacho la iba a pasar a buscar por su casa…

Era invierno… tocaron el timbre… y Tosco "apareció de la nada"… abrió la puerta y le sacudió un baldazo de agua helada al pretendiente… que quedó mojado, helado y perplejo… muy perplejo…

Y enseguida, Tosco subió por las escaleras hasta su cuarto… y ahí se encerró…

Natalia prendió la luz… y no lo podía creer… fue a buscar un toallón… se lo alcanzó a su amigo… y le dijo: "Te pido mil disculpas, fue mi hermano Germán… es un idiota… ya vengo…"

Y subió las escaleras como una exhalación… y mientras trompeaba la puerta de la pieza de Germán, le gritaba desaforada: "¡Sos una bestia… sos más que una bestia… sos un energúmeno!!".

Y Tosco, seguro tras la cerradura, algo se sorprendió… estaba acostumbrado a que le digan "bestia", pero no entendía que quería decir "energúmeno"…

Natalia se fue con su amigo… que ya estaba algo más seco… Y Germán, sabiendo que ya no había "moros en la costa", salió de su guarida…

Y le pidió a Alejandro, otro de sus hermanos, que busque en el diccionario que quería decir…

La encontró rápido Alejandro… "Energúmeno: persona endemoniada…".

Y Tosco empezó a mover la cabeza… de lado a lado… como si al moverla se le fuera a activar alguna neurona más…

Y finalmente con la tosquedad que lo caracterizaba, le dijo a su hermano: "Es una exagerada Cerebrito… sólo fue un baldazo de agua".

Después del baldazo… los monstruitos…

Jacinto, el amigo de 16 años de Cerebrito, ya se había secado bastante del baldazo inesperado que había recibido de Tosco, el hermano-bestia de ella…

Ambos habían caminado muchas cuadras… y ahora estaban sentados en una agradable plaza… La tarde era templada… y los dos sentían que no tenían ningún apuro…

En un momento, Jacinto le dijo a Cerebrito que estaba linda… y ella que no podía con su genio, le dijo: "Vos también sos un lindo monstruito". Y Jacinto se rió y le contestó: "¿Cómo es eso que soy un lindo monstruito?...".

Y ella intentó fundamentar su afirmación: "Quiero expresarme bien… es un tema que requiere un pequeño contexto… hace un tiempo tuve un sueño raro…

Estaba sentada al lado de alguien… alguien que hablaba como un sabio… nunca le vi la cara en el sueño… pero ahí estaba sentado al lado mío….

Y él me decía: 'Mirá Cerebrito… mirá el cuerpo de los seres humanos… tratá de mirarlos como si fuera la primera vez que los vieras…'

Y lo intenté… y en un momento tuve como un chispazo… y me dio la impresión que somos un poco monstruitos… con estas orejas… estos dientes… estos brazos como tentáculos… y todo lo demás… y ahí estamos… de pie… y se nos nota que hace poco pudimos ponernos en pie… porque al rato, ya nos cansamos… y necesitamos sentarnos o acostarnos…

Estoy hablando del cuerpo… no lo olvides, Jacinto… Y después de ese sueño, me quedó para siempre esa impresión… que somos un poco monstruitos…

Pero claro… además del cuerpo, contamos con algo brillante… con algo misterioso y único… contamos con nuestra conciencia…

y a veces con nuestra inteligencia… y también con nuestras emociones… tan humanas y distintivas…

¡Es tan brillante esta conciencia!… que, entre otras maravillosas cosas, ha desarrollado varias estéticas… inclusive una estética sobre nuestro cuerpito… y entonces, definimos y creemos que hay monstruitos y monstruitas más lindos o bellos que otros…

Bueno… no más que esto… espero que no te asustes… son cosas en las que a veces pienso… pero después me dejo llevar por la vida…

Te vuelvo a repetir… ¡vos sos un monstruito bastante lindo!" y Cerebrito lanzó una carcajada…

Y Jacinto, que la había escuchado con asombro, se sintió feliz… se sonrió con ganas… la abrazó suavemente y con una tierna sinceridad le dijo: "¡Qué personaje sos!… nos vamos a divertir".

Historia y presente de Cerebrito…

A Cerebrito siempre le gustaron las ideas y las abstracciones… sus hermanos recuerdan cuando se iba a dormir temprano… y en la cama, leía muy contenta el diccionario (¿?)

Y también cuando descubrió el ajedrez… tendría 5 añitos… y no se despegaba del juego… y a los 3 meses ninguno de ellos podía ganarle…

Tan bien jugaba, que la inscribieron en algunos campeonatos infantiles… y Cerebrito arrasaba…

Pero ella fue creciendo… y se fue dando cuenta que el ajedrez le generaba una cierta mentalidad especulativa… que se le trasladaba a otros ámbitos de su vida… y le generaba algunos problemas…

Por ejemplo… a veces no podía parar su cabeza… en situaciones que eran sólo para disfrutar, nuestra amiga razonaba… y comenzó a aburrirse…

Entonces empezó a estudiar teatro… para desarrollar sus emociones y nivelarlas con su actividad intelectual… Le costó al principio, pero se divertía mucho… y siguió… y avanzó mucho en su expresión emocional…

Así que ahora con 19 años, Cerebrito estudiaba Física en la Universidad… y disfrutaba de la cantidad de amigos que tenía…

Y los más cercanos muchas veces le consultaban cosas… no sólo sobre materias… también sobre situaciones vitales…

Y ella les daba su parecer… siempre con humor… tratando de alivianar los aparentes dramas que los aquejaban…

Porque Cerebrito, además de darse cuenta que somos un poco monstruitos… también había comprendido que estamos aquí para aprender… y que muchos errores que cometemos, son por no saber… y no porque particularmente seamos tontos…

Y en torno a estos temas estaba conversando con Sandra, en el bar de la Facultad… y luego de charlar bastante, Sandra le dijo: "Amiga… me encanta hablar con vos… siempre salgo algo más clara… y sobre todo más serena…".

Y Cerebrito se sonrió… y por dentro fue sintiendo una especie de acuerdo consigo misma… y pensó: "Esto que siento es muy, muy agradable… ¿será que es algo que se pueda desarrollar y profundizar?...".

Y las dos se fueron rápido hacia las aulas… porque ya comenzaba la clase de Matemáticas…

Cerebrito y su entorno inmediato...

Como contamos hace poco, Cerebrito se crió en un ambiente "progre y cool"… un ambiente de pseudo sensibles… de ecologistas un poco "a la moda"… de "contras-sistema" de ocasión…

Su madre, Celeste, es un capítulo aparte… muy "volada"… y con poquísima habilidad para cualquier tema práctico… hippona tardía… consumidora de todo tipo de literatura "new age"… llena de teorías… y muy frágil ante cualquier inconveniente…

Celeste siempre tuvo un cierto problema con la ponderación de los acontecimientos… es capaz de romper en llanto y conmocionarse por un lindo atardecer… pero después, existe todo un mundo de personas y de situaciones… con el que le cuesta mucho "conectarse"…

Es como si ella viviera dentro de una "pompa de jabón"… y de ese modo, fue acompañando el crecimiento de sus hijos… y lo fue haciendo, como pudo…

Los 6 hermanos recuerdan sus fracasos repetidos con el intento de armar una quinta orgánica… 4 años estuvo, y sólo pudo cultivar unas lechugas que no eran gran cosa…

Hasta que Luis Alberto, el mayor, y Cerebrito, la menor, en un ataque de compasión, se pusieron a estudiar el tema… y la empezaron a ayudar… y a reorganizar la huerta…

Y todo empezó a funcionar… Ya el año pasado, se podía decir que aquello que estaba al fondo del patio, era una verdadera huerta…

Otro tema que pudieron encaminar fue el de la carne… Celeste es una devota vegetariana… y así fue alimentando a sus hijos… pero pasado el tiempo y ya grandes, ellos se dieron cuenta que les gustaba la carne…

Y después de discutir mucho, acordaron poner otra cocina en el lavadero… y allí, casi todos los días, los hermanos asan sus alimentos cárnicos…

El padre de Cerebrito, Juan Manuel, es también un personaje… "oveja negra" de una familia media aristocrática… marxista, con tendencia a la depresión… y de oficio, pintor de cuadros…

Era y es una familia, digamos, "bohemia"… con grandes altibajos económicos… pero con la gracia de la informalidad… y con una

tendencia marcada hacia lo inesperado. Y allí surgió Cerebrito…
amante de los conceptos claros y las abstracciones "duras"… casi una
antítesis de su madre…

Pero bueno… es la maravilla de la diversidad humana… y de
"ese algo" desconcertante que traemos en nuestra mochila. Ese "algo"
desconcertante… que nos muestra que el proceso de nuestra especie,
afortunadamente, no sigue una línea recta y aburrida…

Tosco… el rugby y Cerebrito…

El vínculo entre Cerebrito y su hermano Tosco fue, casi siempre,
tormentoso… él era un par de años mayor que ella…

Y no llegaba a entenderla a su hermana menor… y como siempre
le faltaban argumentos y palabras para ganarle cualquier discusión,
recurría a imponerse físicamente… o con groserías de todo tipo…

Tosco de muy chico empezó a jugar al rugby… y quizás, ese de-
porte lo ayudó a canalizar esa especie de bestialidad que portaba…

Pero ese ambiente de "club de rugby" también traía otras cosas…
una especie de conservadurismo… y un cierto machismo… bastante
pasado de época. Por lo tanto, la opinión de una niña poco valía…
pero esta ecuación algo cambió… de un día para otro…

Una tarde, cuando Cerebrito tenía unos 8 años, lo acompañó a
Juan Manuel, su padre, a ver un partido de rugby… donde jugaba
Tosco…

Era la primera vez que ella iba… y desde que llegó al club, fue
observando todo con mucha atención…

Luego del partido, volvieron a su casa… y más tarde, cayeron
varios compañeros de Tosco… y uno de ellos, que la había visto en
el club, le preguntó con cordialidad: "¿Y Cerebrito… que te pareció
el partido?…".

Y ella respondió: "Me gustó mucho… la posición que más me atrajo es la del medio-apertura… ¿se llama así, no?... Es el que maneja la estrategia del equipo ¿no?...".

Y los muchachos asintieron… y ella prosiguió: "Pero me parece que el equipo de ustedes no sabe contratacar…".

Y Cerebrito trajo un cuaderno… y les empezó a dibujar situaciones de juego… y a mostrarles cuáles serían los mejores contrataques… en cada una de esas situaciones…

Los muchachos al comienzo la tomaron en broma… pero luego de ver la coherencia de lo que les mostraba, no tuvieron más remedio que admitir, algo azorados, sus observaciones…

"No es muy distinto al ajedrez… sólo que en el rugby, las piezas son personas de carne y hueso", redondeó nuestra amiga…

Y Juan Manuel, el padre, que había observado de reojo toda la escena, se acercó y dijo: "¿Ya los deslumbraste, hija?... ¿me podrías acompañar hasta el atelier?... quiero mostrarte unos bocetos… a ver qué te parecen…".

Y Cerebrito se sonrió… y fue tras él… no podía negar que le encantaba su papel de consultora.

Fidel… un tal Pintos… y Cerebrito…

Fidel tenía 3 años más que Cerebrito… y era uno de los hermanos con que mejor se llevaba…

Fidel siempre fue muy lúdico… inventaba mundos, personajes, palabras, juegos… Se podría decir que el muchacho tenía muchísima imaginación y le agregaba mucho humor a esa capacidad representativa… lo que resultaba una gran combinación…

Era "volado", como su madre Celeste… pero no era una "voladura" difusa… Era, en cambio, muy inventiva… porque producía todo tipo de eventos. Y Cerebrito lo amaba… le permitía salirse de su canal abstractivo… descansar de él… y dejarse llevar por historias y aventuras sin fin…

Pero a veces, estas aventuras eran algo peligrosas… Todos recuerdan cuando tuvieron que rescatar a Cerebrito… de la parte más alta de un limonero… estaban jugando al "mundo donde nuestros pies no tocan el suelo", junto a Fidel…

Y con sólo 3 añitos, ella se las había arreglado para treparse por las ramas… y llegar hasta la cima…

Juan Manuel, el padre de ellos, le decía siempre a Fidel que era un "cuentero"… y aunque le había puesto ese nombre por Castro, le juraba con gracia que lo había hecho en honor a un tal Pintos…

Un humorista argentino de la década del 60… que solía "sanatear" a gusto… o sea, murmuraba y parecía decir cosas… pero en realidad, no decía nada coherente…

Volviendo a lo anterior, Cerebrito no podía quejarse de su infancia… Más allá de ser la única mujer, siempre tuvo alguien con quien jugar y divertirse…

Por otro lado, ella siempre disfrutaba de los talentos ajenos… y le parecía increíble cuando veía gente cercana que forzaba los acontecimientos… pretendiendo que los demás, fueran "como ellos…".

Ella, por ejemplo, amaba la vitalidad del desordenado… la gracia del imaginativo… la exquisitez del artista… la vida interior del reflexivo… la pasión del creído… la dulzura del ingenuo…

Y en su casa tenía un micro-cosmos de esos talentos… y ella, como quien se alimenta, se iba nutriendo de todos…

El Bar de los tacheros… y Cerebrito…

Conocí a Natalia/Cerebrito una tarde de invierno… en un café conocido como "El bar de los tacheros"… a una cuadra de mi casa…

Este bar merece un párrafo… lo frecuenté unos 15 años… Era un amplio salón, con mesas y ventanales grandes… y tenía la particularidad que, en la planta alta del salón, funcionaba una escuela de teatro de renombre…

Así que, además de parroquianos ocasionales poblaban el bar muchos taxistas… mezclados con actores, directores, actrices, etc… lo que producía un revoltijo humano de mucho interés…

Era frecuente ver, por ejemplo, en una mesa a un grupo de jóvenes… arrobados… leyendo un texto de teatro clásico… Y en la mesa de al lado, a cuatro choferes casi gritando… hablando de fútbol, el tránsito, o presumiendo sobre conquistas femeninas difíciles de comprobar…

Recuerdo situaciones memorables allí… ambientadas con una sinfonía de gritos… mezclada con carcajadas… ruidos de vajilla… y sonidos de las puertas que se abrían y se cerraban continuamente…

En ese bar estaba esperándolo a Juan Manuel… con quien somos amigos desde hace tiempo… y lo vi llegar… de la mano con su hija Natalia/Cerebrito… que tendría 5 o 6 añitos…

Nos saludamos… se sentaron… y rapidito me llamaron la atención los ojos de la niña… unos ojos grandes… abiertos y como cristalinos…

Vino Toni, el mozo del bar y Juan Manuel pidió un cortado… y la niña, un jugo de naranja…

Fuimos hablando con Juan Manuel de varios temas… y mientras conversábamos, noté que la niña me miraba… con una atención algo extraordinaria para su edad. En un momento, Juan Manuel se fue al baño… y Cerebrito, luego de tomar un poco de su jugo, me clavó algo más su mirada transparente... y me dijo: "Mi papá me dijo que sos humanista... por eso te gusta este bar ¿no?...".

Luego de disimular mi sorpresa, le dije: "Sí... ambas cosas son ciertas –y le pregunté– ¿Por qué te parece que ambas cosas están relacionadas?...". Ella, sonriendo, me contestó: "Porque acá veo personas muy distintas... y eso, para un humanista debe ser algo agradable".

Y volvió Juan Manuel... y de un vistazo me pescó algo azorado... Se sentó... la miró a su hija y dijo: "Natalia... ¿ya lo deslumbraste a mi amigo?... ¡no podés con tu genio!...". Nos reímos los tres... y para mis adentros pensé: "Literalmente... esta niña no puede con su genio".

El futuro... y Cerebrito...

Cerebrito a los 19 años estaba colmada de temas que le interesaban... Ya habían pasado sus tiempos de campeona de ajedrez infantil... ahora seguía estudiando actuación... y Física en la Universidad pública...

Me había enterado por Juan Manuel, su padre, que ella era una referencia para sus próximos... que, de algún modo, notaban su inteligencia y su sensibilidad... y que Cerebrito siempre se hacía un tiempo para aquellos que, por distintos motivos, se les complicaba la vida...

Según le había contado a su padre, se había dado cuenta que esto de intentar ayudar a otros, la hacía sentir de un modo distinto...

Un día recibo un mensaje de Cerebrito... su primer mensaje de "adulta" hacia mí, se podría decir... para ver si nos encontrábamos... que quería hablar conmigo...y así lo hicimos... ella estaba de muy buen humor... y en un momento de la charla, me hizo un resumen de su vida que vale la pena transcribir...

"Quería conversar con vos… ya no soy una chiquita rara… ahora soy una joven rara, jaja… Mi vida no está tan mal… no sé bien por qué nací con esta capacidad para comprender temas difíciles… es una cualidad que siempre tuve…

Pero cuando tenía unos 10 años me di cuenta que necesitaba balancear mi interioridad… y empecé a estudiar actuación… y conocí un mundo nuevo… de emociones distintas, de lo importante que es la imaginación y la expresión corporal… y fue una buena decisión la de disponerme a estas novedades…

Pero hace un tiempo empecé a advertir 'otro mundo nuevo'… que llamo el mundo de la 'satisfacción interna'…

Sucede así… cuando por algún motivo logro ayudar a alguien… sea que logro animarlo, si alguien está desanimado… sea que ayudo a que se aclare, si alguien está confundido… sea que acompaño a alguien que se siente solo… En fin, en este tipo de situaciones luego empiezo a sentir algo muy extraordinario…¡siento una gran satisfacción! … un sentir muy agradable, profundo y duradero…

Tengo la impresión que necesito profundizar en estas experiencias… y por eso te llamé… sé que los humanistas intentan avanzar en estos temas… ¿qué te parece?…".

Le dije: "Me parece muy bien… lo que llamás el mundo de la 'satisfacción interna', los humanistas lo llamamos muy parecido… es para nosotros, el mundo de la acción válida…

Son esas acciones que nos suelen dejar una experiencia de suave alegría, de acuerdo con nosotros mismos…son las acciones más 'excelentes'…

Y claro que es un mundo que se puede profundizar… ¡es el mejor de los mundos para profundizar!".

Seguimos conversando varias horas… sí, horas… que se pasaron volando… porque conversar con Cerebrito siempre resultaba una fiesta…

LOS PRINCIPIOS

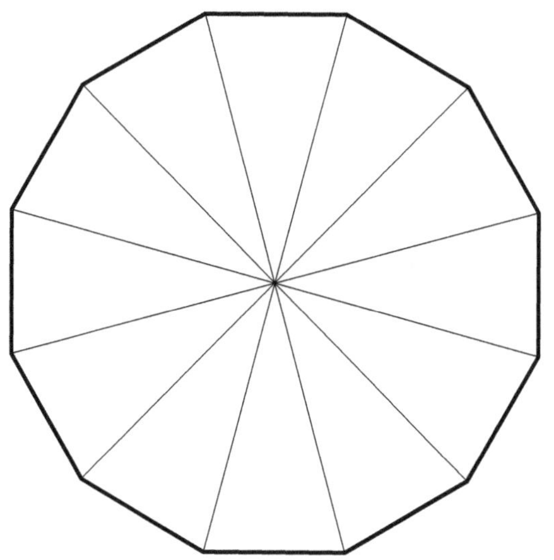

María portaba una belleza lánguida… alta y relajada… su tonicidad corporal era baja y siempre le atraían los sillones… en los que se desparramaba como un pulpo…

Juanito era inquieto y puro nervio… no muy alto… macizo y poco afecto a la quietud…

Y estaban en una relación… ella estaba llena de teorías y de planes poco realizables… él vivía minuto a minuto… y vivía haciendo… imaginando y haciendo… y desconfiaba de los sueños que nunca empezaban…

Un atardecer, sus temperamentos colisionaron… y fue como una pelea entre una espada y un ser acuático repleto de tentáculos… En un momento, se neutralizaron… y la pelea terminó…

Y Juanito, la espada, le dijo: "María, no te olvides del principio: 'Si persigues un fin te encadenas. Si todo lo que haces lo realizas como si fuera un fin en sí mismo, te liberas'.

Lo que haces, María… lo que haces… No dice lo que divagas o sueñas… claro, vos siempre me decís que soy demasiado puntual… demasiado preciso… pero yo siento que, si no hago cosas, es como si estuviera enfermo…".

María, el ser acuático, se sonrió desde su sillón marítimo… se sonrió un ratito… y le dijo: "Juanito… tenemos distintas velocidades… vos sos el rayo y yo el agua de un río tranquilo… lo que dice el principio que aprendimos del Mensaje de Silo, es bueno para los dos…

Como siempre me decís, a vos te ayuda a estar atento a los distintos pasos de lo que emprendés… porque sos un hacedor… y vos sabés cuanto lo valoro…

Y a mí me ayuda a no divagar tanto… algo que me cuesta mucho… y a saber que a los proyectos en algún momento hay que empezarlos… pero no te olvides, Juanito… que cuando el río arranca, no para más!".

Y los dos soltaron una carcajada... y ella abrió sus brazos... invitándolo, una vez más, a distenderse entre sus cariñosos tentáculos...

✳ ✳ ✳

Cuando sucedieron los hechos, para Viviana ya era tarde... ¡Es tan difícil llevar la vida con un cierto equilibrio!... porque son muchos temas... las actividades del día a día... los amigos... los temas del cuerpo... la reflexión... los proyectos... la memoria... los gustos... lo pendiente... los afectos... En fin, podría seguir con una lista interminable...

Pero Viviana era meticulosa... y solía tener una visión amplia sobre su vida... pero hasta al mejor cazador se le escapa la liebre...

Tenía muy preparado ese viaje... y lo deseaba hace años...Viviana estaba estudiando Arqueología... ya de grande... porque se acercaba a los 40... y estaba criando, un poco sola, a dos bellezas... como ella llamaba a sus 2 hijitos...

Y en un par de días viajaba a Perú... a visitar unos descubrimientos sobre una civilización desconocida hasta hace poco... y estaba algo ansiosa por el cercano viaje...

Pero esa noche, mientras dormía, un dolorcito insistente y agudo la despertó... Se levantó... se hizo un té... y el dolorcito seguía...

En síntesis... médico a la mañana... estudios... y una operación inmediata... no grave, pero sin posibilidades de diferirla...

Ella se enojó un poco consigo misma... hacía unos meses, había salteado unos exámenes de rutina...

Y mientras empezaba a reacomodar todo y a suspender su viaje, se acordó del Principio sobre el que habían meditado en la Salita de El Mensaje de Silo... que quedaba a la vuelta de su departamento...

El Principio dice: "Las cosas están bien cuando marchan en conjunto, no aisladamente."

Viviana se sonrío... y se dijo: "A este Principio, juro que no me lo olvido más..."

✳✳✳

Habían pasado varias horas desde que encontró la nota... y Miguel no salía de su asombro y de una profunda tristeza...

La nota decía: "Me fui... no me busques... no quiero verte más"... No estaba firmada, porque no hacía falta... La había escrito Juliana... y Miguel la había encontrado al volver del trabajo...

Hacía unos 2 años que se habían ido a vivir a Uspallata... con la ilusión de empezar una nueva vida en ese alejado poblado...

Pero Miguel siempre había sido controlador y celoso... y quizás por aquel silencio andino, esa nefasta tendencia se le agudizó...

A menudo se le borraba la diferencia entre lo que imaginaba que sucedía y lo que efectivamente sucedía... y el intento de control y las alucinaciones fueron creciendo... y la situación se tornó insostenible...

Y Juliana se hartó... y se fue... Hizo su mochila y se fue...Y Miguel quedó devastado... sabiendo que era el responsable de la ruptura...

En la cocina y luego de horas de introspección, empezó a prepararse unos mates... prendió la radio comunal y alcanzó a escuchar: "Hola amigos... somos Gustavo y Catalina... hoy intentaremos meditar sobre el Principio que dice: Cuando fuerzas algo hacia un fin, produces lo contrario".

Primero se irritó con la coincidencia... pero en un momento de lucidez, se dio cuenta... que tanto quería a Juliana para él, que había forzado todo... desde hace tiempo y con una intensidad creciente... y que, en vez de acercarla, la había terminado alejando... y para siempre...

Y comprendió su grosero error… y aunque ya era muy tarde para correcciones, Miguel sintió un instante de liviandad… al asumir, aunque sea por unos segundos, su complicada tendencia…

✳✳✳

Joaquín es bondadoso… y no carece de ingenio e inteligencia… vive en el corazón de la llanura pampeana… donde las vacas pastan y los girasoles se enseñorean…

Hace poco pasó los 30… es el "raro" de la familia… y de sus numerosos amigos…

Ya aceptó esta situación… porque no puede evitarlo… sus gustos son distintos… sus aficiones también…

Le gusta estudiar… por estudiar no más… Es profesor de historia… y está rodeado de veterinarios, ingenieros agrónomos… y de gente que solo se dedica a criar ganado…

No le gustan las injusticias ni los atropellos… y siempre quiere entender el origen y el "por qué" de los sucesos…

Es, por así decirlo, como un marginal de clase media-alta… un "rara avis" de una de las tantas "aristocracias" de pueblo chico…

Y estaba casi discutiendo con su pareja, Sofía… ella le insistió siempre en que se adapte un poco más a su medio… y en esa discusión estaban cuando Joaquín abrió un libro negro… en cuya tapa se leía "El mensaje de Silo"…

Y le leyó a Sofía… "No importa en que bando te hayan puesto los acontecimientos., lo que importa es que comprendas que tú no has elegido ningún bando"…

Y le dijo luego: "Hace tiempo que me di cuenta que no elegí ni la familia, ni la situación social en que nací… así que me siento libre… y no tengo ninguna obligación de pensar como supuestamente debería…. ni sentir como debería…. ni moverme como debería…

Me siento libre para elegir la vida que quiero para mí…y si a otros no les gusta, es problema de ellos…

¿Por qué tendría que seguir una tradición que no comparto?… y te aseguro que no es una rebeldía sin fundamentos… quiero vivir intentando ser coherente… ¿es tan difícil entenderlo?".

Y Sofía se puso seria… seria en serio… y se dio cuenta que había zonas de la interioridad de Joaquín, en las que ni ella ni nadie podrían influir…

✳✳✳

Celso es de familia paraguaya… y vivió toda su vida en Aldo Bonzi… pleno conurbano bonaerense…

Su madre, quizás exagerando, siempre dice que desde bebé ya era inteligente… y que tenía los ojos abiertos todo el día… como "absorbiendo el mundo…".

Hoy Celso se recibe de Doctor en Física… lo cual no es poca cosa… dada la situación desde la que partió… muchos hermanos… pocos ingresos… en fin, una infancia difícil…

Pero nunca se sabe en que rincón se anida el talento humano… nunca se sabe… y esto amerita la igualdad de derechos y oportunidades para todos… y la universidad pública y gratuita intenta garantizar estos derechos…

Y ahí está toda la familia… que es un familión… en el acto de entrega de diplomas… con sus mejores galas y emocionados… orgullosos, diría…

Y Celso tuvo el mejor promedio en los siete años universitarios… así que al final, le toca decir unas palabras…

Y fue agradeciendo… a todos… su familia y sus profesores… y al final redondeó con estas palabras: "Siempre me gustaron las matemáticas y la física… siempre… y de a poco, fui sumando más y más conocimientos… pero hubo un momento en que tuve que decidir si me iba a dedicar a esta ciencia… en algún rincón de mi alma, tenía dudas de mi capacidad…

Y lo hablé con mi padre… y él me mostró un texto, titulado 'Principios de acción válida'… y me dijo que en momentos de desconcierto y de dudas, recurría a él… y que los leyera tranquilo… sin apuro… Y hubo un Principio que me ayudó a tomar la decisión que me trajo hasta aquí… dice: 'Ir contra la evolución de las cosas es ir contra uno mismo'… y al reflexionar me di cuenta… que si no mantenía este rumbo… que si no desarrollaba mi capacidad, iba a sentir un gran desacuerdo conmigo mismo… que necesitaba dejar que las cosas evolucionaran… paso por paso… y eso hice…

Así que, para finalizar siento la necesidad de agradecer al Maestro Silo, creador de estos Principios… nada más, muchas gracias…".

Un cerradísimo aplauso coronó sus palabras… mientras sus padres, claro, se abrazaron llorando… desbordados por una emoción lindísima…

✳✳✳

Mariana se bajó del tren en Lanús… quería llegar a su casa y descansar un rato…

Cruzando la estación, fijó su atención en un afiche viejo… que se leía a medias… le sacó una foto con su celular y siguió su camino…

Mariana recién cumplió los 20… es hipersensible… Se conmueve cuando la tratan bien… y se enoja muchísimo cuando la discriminan o no la valoran… También es algo ensimismada… y desde afuera da la impresión de ser demasiado seria…

Está en un lío hace tiempo… no alcanza a definir su gusto sexual… es un poco amplia en ese aspecto… nada raro para esta época… pero ella lo vive con algo de preocupación…

Durmió un rato… se hizo unos mates… revisó su computadora-teléfono y se acordó de la foto… Recordó la frase trunca que le llamó la atención… decía "…puedes hacer cuanto quieras con libertad"… miró bien la foto y también pudo distinguir dos o tres palabras más: "Silo"….y "Principios"… y una dirección…

Googleó aquel pedazo de frase y esas pocas palabras… y enseguida encontró el texto completo… la frase era: "Cuando perjudicas a los demás quedas encadenado. Pero si no perjudicas a otros puedes hacer cuanto quieras con libertad".

La sentencia la impactó raramente… y se dio cuenta que podía ayudarla con ese lío sobre sus gustos…

Mariana se quedó reflexionando un rato… tomando mate y reflexionando… Recordó pequeños perjuicios que había hecho… y reconoció en ella esa experiencia de quedar "encadenada"… como si el recuerdo de esos perjuicios no pudieran asimilarse al proceso general de lo vivido… Y también se dio cuenta que no perjudicaba a nadie con el tema de sus gustos… a nadie… y empezó a sentir una extraña y hermosa libertad… la empezó a sentir primero en su cabeza… la sintió relajada y amplia… y luego, esa divina libertad se le fue expandiendo en todo su ser…

Después advirtió que se estaba sonriendo… como sintiendo un acuerdo con ella misma… Y comprendió que aquel lío de la amplitud de sus atracciones, comenzaba a dejar de ser un lío…

✳✳✳

Valentina es desfachatada… y muy singular… porque no solo es una rea hermosa… tiene, además, una gran capacidad de reflexión… Es como si vivieran dos personas en ella… por temporadas se lleva el mundo por delante… y luego, se dedica a pensar… a meditar sobre su vida, se podría decir…

Ahora está en un momento de repliegue… y le encanta caminar mientras va rumiando sus temas…

Ya sentada sobre una roca de la cordillera andina, acaba de concluir un diálogo telefónico con Vero, su mejor amiga…

Se queda mirando el impactante paisaje… y recibe un último mensaje escrito de Vero… "Harás desaparecer tus conflictos cuando los entiendas en su última raíz, no cuando quieras resolverlos". Silo.

¡Qué cabrona!... pensó… pero el recordatorio no le vino nada mal… recordó un excelente retiro, en el Parque Carcaraña, cerca de Rosario… donde aprendió a estudiar cualquier situación… desde el punto de vista de su composición, de su proceso y de sus relaciones con otras situaciones…

Se puso de pie… y con una rama que traía de su caminata se puso a dibujar sobre la tierra reseca…

El punto que ella deseaba entender, era la relación con su madre… conflictiva y algo difícil…

Así que se dibujó a sí misma… y a la madre… y fue recorriendo mentalmente como estaba compuesta esa relación… Luego fue viendo cómo ese conflicto se le desbordaba a otras relaciones… a las amistades… y ahí se dio cuenta que también a sus otras relaciones afectivas…

Y luego recorrió el proceso de su vínculo… y se dio cuenta que tres "errores" de la madre tenían, para ella, más "peso interno" que mil aciertos y ayudas recibidas… tres errores y mil aciertos…

Y advertir esto por primera vez, la dejó pasmada… por la desproporción… pasmada, pero con el futuro abierto… Y se dijo: "Necesito valorar los aciertos de mi vieja y reconciliarme con esas tres situaciones…".

A partir de estas comprensiones, el vínculo dejó de tener, para Valentina, ese sabor a conflicto… a algo detenido y bloqueado… y adobado con algo de rencor…

Se quedó unos instantes en silencio… algo conmocionada y con la compañía oportuna del silencio de las montañas…

Y de repente, alzó sus brazos… con la rama en la mano derecha… y pegó un grito… mejor dicho, un alarido… largo y liberador…

Y claro… luego del avance con la reflexión, apareció de vuelta la bendita y adorable desfachatada…

❋❋❋

Candela es asmática… desde chiquita… y es menudita… pero en algunas situaciones, suele ser más brava que una tormenta eléctrica…

Y se despertó de madrugada… con un ataque fuerte de asma… la respiración agitada y mucha dificultad para moverse…

Su cartera estaba en el living… lo que para alguien con un ataque de asma significan kilómetros de distancia… y allí estaban su inhalador y su teléfono…

Con mucha dificultad alcanzó a sentarse en la cama… boleada y algo enojada, por no tener el salvador inhalador en su pieza…

Pensó en ir caminando muy despacito a buscarlo… pero no tenía energía… y alcanzó a ver frente el afiche colgadito en la pared… frente a ella… Pudo leer: "No te opongas a una gran fuerza. Retrocede hasta que aquella se debilite, entonces avanza con resolución"… y este Principio la ayudó a tomar la decisión correcta…

Se dijo a sí misma: "… en estos momentos mi falta de oxígeno es una gran fuerza… mejor me recuesto, trato de equilibrar lo más posible mi respiración… y luego, cuando la falta de oxígeno sea menor, me voy acercando despacito hacia la cartera"…

Y eso hizo… y su agitación algo aflojó… habrá pasado una media hora cuando sintió que ya estaba lista para "avanzar con resolución"… lo que en esta situación significaba pasos cortitos y con descansos hacia el living…

Y llegó… se desparramó exhausta en el sillón… hizo tres inhalaciones y a los pocos minutos, sus bronquios empezaron a dilatarse…

Y recuperando una cierta normalidad, se sonrió… al imaginarse contando el relato a sus amigos… concluyendo, con estas palabras: "No sé ustedes... pero en mi caso, me la paso aplicando los Principios en la vida cotidiana…".

✳ ✳ ✳

Hacía tres días que Iván estaba en la Estación Interespacial Internacional… suspendida a 408 kilómetros del suelo terrestre…

Estaba cumpliendo el sueño que tuvo desde niño… y ya se había acomodado a la vida sin gravedad… tantas fueron las prácticas en la Tierra que, todo lo que hacía le parecían hábitos de siempre…

Se desplazó suspendido hacia la escotilla más grande… la que daba al Planeta del que había partido… su ciudad natal, Kiev, apenas se vislumbraba hacia el noreste…

Y se quedó contemplando la maravilla del planeta azul… y de a poco su mente se quedó sin palabras… y tuvo como una epifanía… como una revelación espiritual sostenida…

No pudo después explicarse lo que le sucedió… pero tuvo la certeza de que algo muy extraño y benéfico se le había manifestado…

Luego de que su mente se calmara profundamente, tuvo la impresión que la Tierra y él eran lo mismo… como si aquello que observaba con deleite, era lo mismo que aquel que observaba… o sea él… que ya no era él… en fin, le era difícil explicar lo que experimentó…

Una experiencia de contacto con el Todo, le diría a la vuelta Alexander, su amigo… muy lector de espiritualidades orientales…

Lo cierto es que Iván luego notó que, en su interior, ya no estaban las antiguas dualidades… no había opuestos… ni bien ni mal… ni lo correcto ni lo incorrecto…

Y se acordó de una conferencia a la que había asistido en Moscú... hace varios años... recordaba como una síntesis... el conferencista se llamaba Novotny... Seguía una corriente de pensamiento impulsada por Silo, un sudamericano... y, sobre todo, recordaba muy bien una máxima o Principio que le llamó la atención por su sencillez y profundidad...

El Principio decía: "Si para están bien el día y la noche, el verano y el invierno, has superado las contradicciones"....

Y eso es lo que él entendía haber vivido con su epifanía de la escotilla... la experiencia de la no-contradicción...

Y sonriendo pensó: "No sé cómo será mi vuelta a Kiev... quizás sea difícil sostener esta maravilla de modo de pensar y sentir... pero, aunque lo pierda, ya sé que existe..."

Y una última pregunta lo inquietó levemente: "¿No será que todo el esfuerzo que hice para poder "salirme de la Tierra", tenía como propósito oculto vivir esta experiencia?"...

Volvió a sonreír y de golpe, se le escapó una carcajada... de esas que no abundan por el Espacio...

✳ ✳ ✳

Rafael está esperando a sus amigos en un bar... es viernes... de noche... y mientras se toma una cerveza, mira la pared que está cubierta de frases... escritas por clientes y parroquianos...

Y le llamó la atención una: "Si persigues el placer te encadenas al sufrimiento. Pero, en tanto no perjudique tu salud, goza sin inhibición cuando la oportunidad se presente"... firmaba un tal "Silo"...

Le sacó una foto a la frase, mientras ya veía acercarse a tres de sus amigos... La noche fue larga e intensa... y cuando Rafael se despertó por la mañana, sintió un gran dolor de cabeza... y un vacío extraño que lo acompañaba desde hace algún tiempo...

Tomó un analgésico y se preparó el desayuno… y por algún motivo, empezó a relacionar ese vacío que sentía en el centro del pecho, con la frase de la pared…

Releyendo la frase, le quedó claro que él "perseguía el placer"… algo disfrazadamente, claro… se dio cuenta que amparado en el verbo "disfrutar", él y mucha gente lo que buscaban era una vida de placeres… viajes, comidas y varios etcéteras…

Pero no era un disfrute normal, sin expectativas… Rafael captó que era también una fuga… una fuga de sí mismo… y ahí vio la relación con la sensación de vacío del centro del pecho…

Y cuando releyó la segunda parte de la frase, le gustó cómo estaba planteado el tema… y se divirtió recordando que él y sus amigos eran una máquina de "provocar que la oportunidad se presente"… a veces, forzada y alocadamente… y también se dio cuenta que no es nada fácil distinguir "placer", de "felicidad"… y que confundir ambas experiencias lo llevaba a muchos malentendidos…

Mientras tomaba su segunda taza de café negro, a Rafael se le fue completando una idea… que ya era tiempo de intentar un cambio en su vida… de asumir ese vacío y de no intentar taparlo con ruido y con otras sensaciones… "¿Y cómo hacerlo?... pensó… para empezar voy a intentar averiguar quién es ese tal 'Silo'… quizás por ahí encuentre un hilo… un pequeño hilo que me lleve hacia una verdadera felicidad…".

Tomó su computadora – teléfono… abrió el Google… tecleó: Silo… y apretó el Enter…

✳✳✳

Felipe siempre fue divertido… sus ocurrencias siempre fueron oportunas... lograba intervenir con sus gracias un segundo antes que cualquiera…

Pero a veces se le iba la mano… se pasaba de vueltas con sus ironías… y algunos amigos quedaban un poco molestos con sus intervenciones…

Y eso pasó con Osvaldo… que luego de recibir una cargada de él, quedó algo más que molesto…

Felipe notó el lío… y se dispuso a arreglarlo… recordó la Regla de Oro, formulada así por Silo: "Cuando tratas a los demás como quieres que te traten te liberas"…Y se preguntó: ";Si el ofendido fuera yo, como quisiera ser tratado?… y se dijo: "Me gustaría que no me dijeran nada… y menos que me pidan disculpas… quisiera que el otro reparara su error con hechos… con hechos sostenidos y equivalentes a la ofensa que me causó…

Me daría cuenta cuando se restablezca el equilibrio en mi interior… seguro me daría cuenta… el pequeño rencor se transformará en un leve agrado… que será duradero… y listo con el tema…" Y eso hizo el irónico… Al principio, Osvaldo lo miraba desconfiado… pero la intención de su amigo era genuina… y no le importaba lo que "le volvía" de sus acciones…

Felipe mejoró mucho el trato hacia él… todas las veces que se encontraron… Una vez, hizo públicas las virtudes de su amigo… en una situación muy similar a la anterior… cuando lo había ofendido…

Luego de un rato de haberlo hecho, lo miró a Osvaldo… que no le esquivó la mirada… y notó un brillito sereno en sus ojos… señal que la herida ya estaba cerrada…

Ambos lo supieron en silencio… y su amistad, felizmente se destrabó… una vez más, la legendaria Regla de Oro funcionó… y ambos se liberaron… Felipe de su remordimiento… y Osvaldo de sentirse ofendido… Ambos aprendieron… uno, a regular sus ironías… el otro, a confiar en que los errores recibidos pueden repararse…

✳✳✳

"Te falta unidad, amiga… te falta unidad"… le dijo Armando a Karina… que lo miraba desvitalizada y tirada en un sillón…

"Recordá el Principio que meditamos hace dos semanas en nuestra reunión: 'Los actos contradictorios o unitivos se acumulan en ti. Si repites tus actos de unidad interna ya nada podrá detenerte'…".

Y Armando siguió: "…me parece amiga, que tus actos contradictorios son bastantes… y serios… y los unitivos pocos... y de ahí proviene esa sensación de debilidad, de falta de fe y entusiasmo que me acabas de comentar… entonces, en este estado 'todo podrá detenerte'… Y cualquier mínimo esfuerzo, cualquier dificultad que imaginas encarar no va a contar con energía… porque toda la energía se la chupa el "agujero negro" de tus contradicciones…".

"Es así… es así", repitió Karina… aceptando la descripción que hacía su gran amigo…

"¿Te acordás de algún acto de unidad?"... le preguntó Armando… Luego de un silencio larguito, Karina asintió con su cabeza…

"Sí… me acuerdo… el otro día… tenía resistencias para hablar con mi hermano… el más chico… que está bastante perdido… pero fui y lo encaré… y le hablé desde mi corazón y desde mi experiencia… y creo que le llegó lo que le dije… Porque asentía y me miraba de un modo distinto… y cuando nos despedimos, me dio un abrazo tan genuino… tan genuino, que no me lo voy a olvidar más… y me dijo "Gracias hermana… gracias por quererme…".

Y me fui rápido… porque no quería llorar… pero mientras iba caminando empecé a sentirme tan bien… tan "de acuerdo" con lo que acababa de hacer...

Y en mi interior todo se unió, armónicamente… y experimenté esa maravilla de la "unidad interna"…

"¿Ves, amiga? –le respondió Armando– ¡por ahí va el asunto!... algo necesitamos hacer para que ese tipo de acciones sean más frecuentes… si lo hacemos, nos sentiremos más fuertes ante las adversidades… y podremos disfrutar con más intensidad de las situaciones agradables…

Y otra cosa… ¿sería un gran esfuerzo para vos ir hasta la cocina y convidarme con un café?… estoy acá hace una hora… ¡y ya es tiempo de recibir una gentileza de tu parte!".

Los dos amigos se rieron… con ganas… y Karina se levantó de su sillón… algo más aliviada… mientras aumentaba en ella la impresión de contar con una oportunidad… para sentirse más equilibrada… ¡y poder avanzar!

UN GRUPO DE SAPIENS

Un encuentro inesperado...

Eran unos 16... 11 mujeres, 3 hombres y 2 niños... se iban trasladando por un bosque cercano a lo que hoy es Asturias, en la península ibérica... una tarde fría de hace 30.000 años...

Y a pocos metros de su sendero lo vieron... a un Neanderthal... en cuclillas... Cuando él los vio, dejó su lanza de madera a un costado como señal de no querer conflictos...

Los Sapiens, que venían de perder a varios en distintas trifulcas, siguieron su camino, aunque sin dejar de mirarlo... porque hacía años que no veían uno... Pero el Neanderthal vio a la distancia que habían parado... que hablaban y que luego, una de las mujeres volvió por el sendero y con grandes ademanes, lo llamaba...

Dudó... pero se dejó llevar por esa necesidad de huir de la soledad... cuando estuvo cerca, lo saludaron parcamente y todos siguieron su camino...

El Neanderthal tenía muchos inviernos encima... muchos... pero aún tenía muy buen olfato... para rumbearse hacia el agua y para cazar animales... también era diestro para reunir leña... esos fueron sus aportes iniciales a este nuevo conjunto al que coordinaban sus mujeres. Y una noche, al calor de una fogata se animó y le obsequió a aquella mujer que lo había invitado a sumarse, lo mejor de sus pertenencias... un diente de oso y una pepita de oro...

Y su vínculo cambió... ella se alegró mucho y superó el miedo a su cercanía... y él sintió claramente algo nuevo por una Sapiens... sintió afecto y atracción...

Pocos inviernos más estuvieron juntos... Una noche, el Neanderthal durmió acompañado... pero esta vez, se durmió para siempre...

Era tan habitual para los Sapiens que alguien muriera, que nadie se sorprendió... llevaron su cuerpo a una cueva cercana y lo cubrieron con piedras...

Y el último Neanderthal fue despedido por sus primos… con unos breves rituales que mostraron su respeto…

Y su amiga dijo en un lenguaje más gestual que sonoro: "¡Que tu aire se libere, Cabeza de tronco… y se una al fuego del rayo y a la nube que da lluvia!… te recordaremos en el sabor del venado y con el rumor de los ríos".

Y los Sapiens siguieron su rumbo… por ese espacio hostil y en aquel tiempo primordial… un rumbo algo incierto para estos caminantes, pero sólidamente inscrito en su Destino…

Los Sapiens… y la unión….

Eran 16 Sapiens… 11 mujeres, 3 hombres y 2 niños… caminando por un bosque... en lo que hoy es Asturias, en la península ibérica… una mañana muy fría de hace 30.000 años…

Eran los mismos que meses atrás habían despedido a uno de los últimos Neanderthal… que se les había unido por un corto tiempo…

Luego de desplazarse toda esa jornada, llegaron a su cueva… para protegerse del duro invierno… y para recuperar fuerzas…

El grupo, que era presidido por sus mujeres, hizo fuego… y todos comenzaron a prepararse para la noche…

Una de ellas, a quien llamaban Clo, se dirigió hacia el fondo de la cueva… allí preparó unos pigmentos... y se dispuso a terminar su pintura en la pared…

Pintó tres escenas… el encuentro inesperado con el Neanderthal… una tarde en que pescaban y tuvieron que huir velozmente por la aparición de varios osos… y la última, un sueño…. donde ella escuchó una voz… que la instaba a seguir protegiendo a sus compañeros de vida…

Luego de la suculenta comida, Clo invitó a todos a mirar su pintura completa… llevaron varias antorchas... y la pintora fue iluminando cada una de las escenas… y entre risas y exclamaciones fueron asimilando sus recuerdos…

Y en un lenguaje más gestual que sonoro, dijo: "Fuimos muchos… pero los inviernos y lo desconocido nos han dejado sólo a nosotros… necesitamos ahora estar juntos… sentirnos juntos… para que la noche no sea tan noche… y lo inesperado no sea tan cruel…

El esplendor del día nos iluminará… y nos dará fuerzas para continuar… no pelearemos entre nosotros… si nos seguimos ayudando, el río seguirá siendo río… y tendremos agua y comida suficiente… y con cada día, algo nuevo aprenderemos…".

Clo, se quedó en silencio… y todos compartieron esa introspección… y un sentimiento de unión flotó en la cueva… y cada uno hizo suyas esas palabras… y esos necesarios pedidos…

Después de una breve estadía, estos Sapiens siguieron su marcha… por ese espacio hostil y en aquel tiempo primordial… un rumbo algo incierto para estos humanos, pero sólidamente inscrito en su Destino…

Los 16 Sapiens… y el fuego salvador…

dedicado a Kity Goyena

En los días que pasaron a resguardo del frío extremo, los Sapiens se mantuvieron bastante activos… desde las primeras horas de sol de cada jornada…

Aunque todos sabían un poco de todo, se fueron especializando con el correr de sus años de convivencia…

Había algún especialista en plantas… que conocía cuáles eran las comestibles, las venenosas… y las aliviadoras o curadoras del dolor…

Estaba Clo… que se había especializado en pigmentos y pinturas de sucesos importantes…

Había también algún experto en la confección y reparación de ropajes… algún especialista en la producción de herramientas y de armas de caza…

Y estaba Ari… especialista en producción de fuego… llevaba siempre atado a su cuello y sobre su pecho, una especie de bolsa de cuero… con sus materiales… a los que cuidaba como a sus ojos…

Tenía variadas piedras… cuarzos y sílex… pedazos de hongos secos… pequeñas plumas y otros materiales muy livianos… para precipitar la aparición de las primeras llamas…

También algunas pequeñas piedras con metales… un hermoso cubo de pirita… y una especie de fuelle, muy primitivo, hecho por él, de cuero y maderas…

Todos recuerdan siempre… cuando una gran tormenta los tomó de sorpresa… y sólo pudieron protegerse en la ladera de una montaña baja…

Fue después de un par horas de caminata bajo la lluvia… llegaron a su guarida improvisada… empapados y pasados de frío…

Pero Ari, especializado y previsor, con las primeras gotas vio lo que se venía… y empezó a cortas pequeñas ramas… que fue guardando dentro de su casaca de piel de oso…

Y a pesar de la extrema humedad… a pesar de estar tiritando de frío… el foguista consiguió prender un fuego de mediana intensidad… que sirvió para que se fueran secando todos… y además, para que se secara la necesaria leña mojada que alcanzaron a recolectar…

Este fuego fue salvador e inolvidable para ellos… todos recuerdan risueños cuando empezaron a gritar… felices por el calor… y extenuados…

Ellos… tan débiles, pero tan fuertes… tan frágiles, pero tan ingeniosos… Una vez más, lograron mantener a distancia a su compañera invisible… su propia muerte…

Pensando y trabajando en equipo lo habían logrado… por ese día, al menos…

Y así, estos Sapiens pudieron seguir su rumbo… por ese espacio hostil y en aquel tiempo primordial… un rumbo algo incierto para estos humanos, pero sólidamente inscrito en su Destino…

Los Sapiens…y las plantas que ayudan…

Eran 16 Sapiens… 11 mujeres, 3 hombres y 2 niños… habitando un bosque en lo que hoy es Asturias, en la península ibérica… hace unos 30.000 años…

Con la convivencia de años, cada uno se fue especializando en alguna función… y al ir ganando en distintas pericias, el conjunto se fue haciendo más fuerte…

Como era el caso de Cira… experta en plantas y frutos… conocía sus beneficios tanto para la alimentación, como para el tratamiento de distintas dolencias…

Siempre recordaban cuando Lam, uno de los niños, cayó enfermo… a Lam lo habían encontrado hacía unos 3 años… subido a un árbol del que no quería bajar… solo y desconfiado, no tendría más de 6 años… tuvieron que subir 3 mujeres para que, poco a poco, confiara en ellas… y así, se unió al grupo… que lo alimentó con preferencia y lo protegió como a un hijo de todos…

Lam tenía los ojos muy abiertos… como si hubiera quedado asustado por algo… y no hablaba… de su garganta no se escuchó ni un sonido… por unos dos años… hasta que un día, se enfermó de mala manera…

Fue en un invierno, estando en la cueva… se despertó con el cuerpo muy caliente… y sin poder pararse siquiera…

Cira lo cuidó… y se preocuparon por él… pasó días sin conciencia… y cuando volvía en sí, todos se turnaban para ayudarlo a tomar un poco de líquido… A veces, mezclado con pedacitos muy pequeños de carne de ave… se esforzaba moliendo hojas… de distintas plantas… y preparando pócimas con agua que, lo podían ayudar…

Una noche… luego de varias semanas y estando todo el grupo presente… Lam se despertó… muy arropado, abrió los ojos… pestañeó… y para el asombro general, dijo: "Terrunqui… terrunqui".

Todos se le acercaron emocionados y alegres… y en honor a su recuperación, Cira, en un lenguaje más gestual que sonoro, exclamó: "Árboles y hojas que siempre nos ayudan… hermanos verdes que algo misterioso pone en pie…. sin pedirnos nada, son nuestra sombra, nuestro alimento y nuestro alivio… aquí, a nosotros nos nace decirles desde adentro, que los querremos siempre…".

Movidos por un sentimiento de acuerdo, los Sapiens asintieron… de distinto modo, pero asintieron… y un aire a entusiasmo y esperanza, les corrió por dentro…Y así, estos Sapiens pudieron seguir su rumbo… por ese espacio hostil y en aquel tiempo primordial… un rumbo algo incierto para estos humanos, pero sólidamente inscrito en su Destino…

Los Sapiens… y el ingenio…

Hace 30.000 años… en un bosque cercano a lo que hoy es Asturias, en la península ibérica… habitaban 16 Sapiens… 11 mujeres, 3 hombres y 2 niños…

Con la experiencia y el tiempo compartido, cada uno se fue especializando… lo que les daba mayor fuerza y pericia como conjunto…

Tres de ellos eran los cazadores... Sej y Mora, mujeres... y Bor, hombre... Tenían lanzas de madera y silex... arcos, de madera y tientos... y flechas con puntas de silex... y algún cortador de obsidiana... y uno que otro proyectil, hecho con piedra y sogas de cuero....

Cazaban todo tipo de animales... y últimamente se estaban especializando en el uso de trampas... Mora era la que las ideaba y construía...

Al ser 16 estómagos, la actividad de caza era diaria... necesitaban complementar la fruta ocasional... y algunas vegetales comestibles...

La tarde anterior habían dejado cinco trabajosas trampas... eran especies de pozos cubiertos con ramas débiles... puestos en senderos donde sabían que se desplazaban algunos animales...

Temprano, en la mañana siguiente, volvieron a los lugares de las trampas... las primeras tres sin novedades... Cuando se iban acercando a la cuarta, empezaron a escuchar unos gemidos agudos... y se miraron los tres... y se pusieron muy alertas...

Se fueron acercando muy despacio... y por el tipo de gemido, se dieron cuenta que habían atrapado un jabalí mediano... fue una gran recompensa... eran de 3 a 4 días de alimento... y cuero... y tendones, etc.

El animal aún estaba vivo... por lo que debieron completar la faena... así lo hicieron y tuvieron que pedir ayuda a otros... para ir trasladando por partes su necesario alimento...

Esa noche la comida fue festiva... y todos disfrutaron del calor y la compañía...

En un momento, Mora se puso de pie... y en un lenguaje más gestual que sonoro... y algo inspirada, dijo: "Hermoso eres, nuestro bosque... nos alegras con los sonidos de tus pájaros... nos alimentas todos los días... con carne y frutos... nos entibias con tu madera... ¿quién te ha puesto ahí para hacerlo?... ¿quién nos ha dado nuestra memoria para conocerte?... ¿quién nos dio el ingenio, para evitar los peligros que en ti se esconden?... Hermoso eres, nuestro bosque... desde aquí te agradecemos con el corazón... y te pedimos que nunca nos abandones...".

Algunos repitieron, como en un murmullo... "Hermoso eres, nuestro bosque"... y todos fueron asintiendo... y experimentando una suerte de fortaleza...

Y esa impresión de fortaleza hizo que sus miedos más profundos... que eran los mismos que los nuestros... se les alejaran una vez más... y les dieran una breve tregua...

Esa momentánea pero nítida impresión de fortaleza, les ahuyentó de su interior los temores recurrentes... a la enfermedad, a la vejez y a la muerte...

Pero esos miedos les volverían, tercos... quizás, como indicadores de un momento de proceso de esta especie....

Seguramente en un futuro.... los Sapiens experimenten un nuevo salto evolutivo en su conciencia... y quizás ese nuevo salto les termine por alejar esos temores definitivamente...

Los Sapiens... y la vida interna...

Elo era una niña de unos 6 años... si contamos el tiempo con el calendario de hoy...

Era hija de Clo, la pintora... ellas, eran parte de los 16 Sapiens que vivían, hace unos 30.000 años... en un bosque cercano a lo que hoy es Asturias, en la península ibérica...

Elo, la niña, andaba siempre detrás de Tred... que era una de las mujeres más jóvenes del grupo... Tred se estaba especializando en la pesca... durante este invierno, lo intentaba en el río... situado a unos 10 minutos de caminata desde la cueva... su método eran las trampas… unas especies de canastas de juncos que dejaba bajo el agua….

Elo la ayudaba… y su amiga Tred estaba sorprendida de la velocidad con que la niña aprendía…

Estando en la cueva, la niña le preguntó… en un lenguaje entre gestual y verbal…¿Por qué los peces entran en nuestras trampas?… a lo que Tred, le respondió: "Porque no se dan cuenta que es una trampa… los engañamos…".

La niña se quedó en silencio… y luego volvió a preguntar: ¿Y cómo se nos ocurrió engañarlos?… y Tred se sonrió y le dijo, señalándose ambas sienes: "Porque nosotros pensamos, Elo… y los peces no piensan…".

¿Estás segura que no piensan?… insistió la niña… Y su amiga respondió: "Segura, segura no… pero es lo que me contó mi madre… y lo que todos suponemos…".

Varios que estaban cerca se rieron… y juntas, las pescadoras, comenzaron a reparar algunos cestos… porque el frío había amainado y mañana temprano irían las dos hasta el río…

Clo, la madre de la niña sonrió satisfecha… por su hija tan despierta y tan colaboradora… y empezó a sacar unos sonidos de unos golpeteos sobre distintas maderas y piedras…

Hoy se diría que hacía percusión… y a todos les gustaba mucho escuchar esos sonidos rítmicos…

Todos estos rudimentos… de lenguaje… de especializaciones… de emociones... de conjeturas… de ingenio… de inspiraciones... hacían de estos Sapiens unos seres raros…

Con un cuerpo que pertenecía a la Naturaleza… pero también con "algo más"… o "mucho más"… con una vida interna casi intangible… con eso "insustancial"... eso tan poco visible… pero eso era tan potente, que ya estaba transformando el mundo natural en que habitaban…

Los Sapiens… y un visitante…

Era una tarde muy fría… y con una gran tormenta de nieve… Todos estaban en la cueva… amparados y con una temperatura acogedora gracias al fuego… Algunos dormían… otros conversaban… y escucharon unos gritos desde afuera… Se asomaron y vieron a un hombre solo… les hizo señas… quería hablar con ellos…

Se miraron… dudaron… y al final, Ari y Mora tomaron unas lanzas y bajaron… Llegaron cerca del hombre… que era mayor… él les pidió si le podían dar albergue… que hace tiempo su grupo se había disgregado… que podía ayudar recolectando leña, arreglando herramientas y cocinando…

Volvieron a la cueva a consultar con los demás… las opiniones estaban algo divididas… La última incorporación había sido beneficiosa… aquella del Neanderthal…

Conversaron y decidieron aceptarlo… desde arriba, le hicieron señas… y el hombre ya mayor, que se llamaba Esi, subió…se acercó a saludar y agradecer a uno por uno… y luego se arrimó al fuego… y su cuerpo se fue distendiendo con el benéfico calor…

Al rato, Esi observó a Mar, una de las cocineras… que empezaba a moverse… y se acercó a ella, preguntando en que podía ayudar…

La comida era básicamente unos filetes de jabalí… cocidos a la piedra… ponían unas piedras planas con brasas abajo… y luego los filetes…

Esi y Mar fueron a buscar afuera una pata de jabalí… que estaba enfriada y protegida dentro de un montículo de nieve… Esi se encargó de filetearla con una obsidiana… y en poco tiempo, todo estaba listo…

Durante la comida, varios le fueron haciendo preguntas al visitante… que les fue contando aventuras y desventuras de su vida… Cuando se hizo un silencio, Esi aprovechó para volver a agradecerles… y les dijo que quería regalarles algo… Fue hasta su morral… sacó una especie de capa de piel fina, cubierta por distintos tipos de plumas… y se la colocó sobre su espalda…

Esi, de golpe, se dio vuelta… y ya no era él…. comenzó a interpretar los sonidos de un pájaro conocido por todos… mientras movía sus brazos-alas rítmicamente…

Así, fue imitando el canto de distintos pájaros… acompañando cada interpretación con distintas posturas, movimientos y traslados corporales…

Lam y Elo, los niños, lo miraban extasiados… con los ojos abiertos, como viviendo un trance artístico…

Los grandes no se quedaban atrás… se iban asombrando, riendo y asintiendo… y cuando la "obra" terminó, todos hicieron ruido con lo que tenían a mano… como señal de gran aprobación…

Esa noche, una vez más, los Sapiens mostraron su perfil de seres raros e imaginativos… una vez más, esta especie que prometía, se maravillaba de sus propias creaciones...

Una vez más, la conciencia humana, única y en proceso... se sorprendió a sí misma….

Les recuerdo que esto sucedió hace 30.000 años… en un bosque cercano a lo que hoy es Asturias… y que eran 16 Sapiens… 11 mujeres, 3 hombres y 2 niños… a los que se había sumado Esi... que como se diría hoy, parecía tener pasta de actor…

Los Sapiens… y la fragilidad…

Elo, Tred y Esi volvían del río… con seis pescados… y dos esttómagos de reno repletos de agua… Ya cerca de la cueva se dieron cuenta que algo no andaba muy bien… veían movimientos demasiado nerviosos… y al llegar, los vieron…

Mar estaba malcaída… de costado… y sin conciencia… y Ari sentado, gritando de dolor, con un hueso de su pierna izquierda fuera de lugar…

Esi preguntó rápido sobre qué había pasado… enseguida Clo les contó… que Ari se había caído desde arriba de un árbol… que había subido para cortar una rama… para traer leña… que Mar había vomitado… y que luego se desvaneció… y que una cosa pasó después de la otra…

Esi le pidió una mano a Tred… y ambos cortaron unas ramas y con unos tientos de cuero, le inmovilizaron la pierna a Ari… Luego, entre varios pusieron a Mar sobre una gran piel de oso… y observaron que aún respiraba…

La situación estaba un poco más ordenada… pero Ari seguía gritando de dolor y nadie sabía qué le había pasado a Mar… aunque todos suponían que no era algo leve… Clo le dio agua fresca a Ari… que la tomó a borbotones y sin pausa… mientras Esi miraba más en detalle a Mar, que no reaccionaba…

Pasaron las horas… luego del shock de la fractura, Ari alcanzó a dormir algo… estaba agotado y sin energías… Mar empeoraba… la vida se estaba yendo de su cuerpo… su temperatura fue bajando… y ya nadie pudo hacer mucho por ella…

Ya muy entrada la noche, Mar se había ido… y todos lo supieron… llevaron su cuerpo con cuidado… a un lugar muy profundo de la cueva… lo cubrieron con piedras… menos Ari, estaban todos…

Y luego de un silencio, Mora dijo con emoción sincera y con un lenguaje más gestual que verbal: "Que tu aire se libere, Mar… y se una al sonido del río… o al color de una brasa… o si lo desea, que se una al brillo de unos ojos… Que tu aire se libere… y se convierta en blancura de nube… o en brisa de mañana… o si lo desea, se convierta en niño otra vez… Te tendremos presente, Mar… y cuando lo hagamos, una sonrisa nos iluminará…".

Volvieron a reconocer la fragilidad de sus vidas… y esa desconcertante variación continua… entre el placer y el dolor… entre la alegría y la pena… entre la fortaleza y el temor… entre su limitada naturaleza y un impulso invisible que los llevaba a elevarse…

Y esa noche volvieron a ser 16… ahora 10 mujeres, 4 hombres y 2 niños… y vivían en un bosque cerca de lo que ahora es Asturias, en la península ibérica… de esto hace unos 30.000 años…

Los Sapiens… y las decisiones acertadas…

El invierno estaba concluyendo… y ya era tiempo de ir en búsqueda de animales grandes…

Ari se quedaría por un tiempo más en la cueva… con su pierna en recuperación… Esi, que se ofreció a asistirlo… y Elo, la niña… que también quería ayudar al lesionado… les dejaron las mejores provisiones y bastante agua… y los 13 Sapiens restantes arrancaron una mañana…

La idea era no alejarse mucho del curso del río, por un lado, porque les brindaba agua segura… y también porque las orillas eran un lugar habitual de caza… muchas veces, allí habían logrado tomar por sorpresa a bisontes y ciervos… siempre reiteraban su camino… y ya estaban cerca del primer refugio… decidieron seguir… y ya cayendo la tarde, tomaron sus precauciones… 4 fuegos… ellos dentro… y por la noche, turnos de centinelas…

En la tarde siguiente y con el azar de su lado, los tres cazadores del grupo se toparon con una partida de bisontes cruzando el río… lograron esconderse por un largo rato… y dieron en el blanco sobre una cría mediana… Los Sapiens habían logrado una gran pieza…

Armaron una especie de camastro con ramas y sogas de cuero… recostaron la presa y la llevaron arrastrando hasta el refugio…

Al llegar, notaron que algo inesperado sucedía… Mar y Bor conversaban con dos desconocidos… y a mayor distancia había una veintena más…

Se los veía flaquísimos… seguramente el invierno había sido demasiado duro para este grupo…

Mar y Bor volvieron al refugio… y comentaron que los desconocidos pedían algo de comida… La mayoría optó por el sí… algunos por compasión…y otros por temor a ser atacados… Ellos eran más… y en una situación desesperante…

Decidieron darles la mitad del bisonte mediano… los desconocidos quedaron muy agradecidos… cuando se llevaban su parte, el líder del grupo se volvió… y le hizo un obsequio a Mar…

Extendió su brazo y le alcanzó un pedazo de hierro meteórico… con una punta que podía servir para distintos menesteres…

Ni Mar ni nadie habían visto ese material jamás… brillaba… era durísimo y su punta cortaba más que el silex… lo aceptó gustosa y se saludaron con respeto mutuo…

Cuando se alejaron los desconocidos, Mar se volvió hacia sus compañeros y les dijo… en un lenguaje más gestual que verbal: "Amigos… nuestra decisión fue la mejor… quizás en otro invierno seamos nosotros los que necesitemos ayuda… les dimos alimento… y ellos nos dieron esta extraña piedra… que seguro podrá ayudar a Ari a hacer fuego más rápido…

Pidamos para seguir teniendo buenas decisiones… y que el egoísmo se aleje de nosotros… como se aleja un pájaro temeroso… como se aleja una víbora del fuego…".

Todos asintieron… y alguno que otro alcanzó a murmurar: "Pidamos para que el egoísmo se aleje de nosotros…".

Esto sucedió hace unos 30.000 años… en un bosque cercano a lo que hoy es Asturias, en la península ibérica…

Los Sapiens… y su fortaleza…

En el recorrido habitual que hacían, los Sapiens contaban con unos cinco refugios para pasar la noche…

Delante de todos iba Nor, hombre robusto… tenía buen olfato y oído… conocía de huellas y sabía interpretar los movimientos que se daban frente a sus ojos…

Al final de la fila, iba Tred, la pescadora… era joven y ágil… ella atendía a lo que sucedía en la retaguardia…

Cada uno portaba una lanza en su mano hábil… y, además, morrales con herramientas, abrigos y otros objetos…

Una mañana calculaban estar cerca de una manada de bisontes… pero Nor, de repente hizo una seña… Se pararon… y en silencio, empezó a mostrarles unas huellas frescas de un oso y su cría…

Conversaron y decidieron desviarse un poco hacia la derecha… y de pronto los vieron… a la osa y su cría… Mientras se devoraban lo que parecía ser un lobo, la osa los vio… y los siguió mirando un rato, afortunadamente entretenida con su presa…

Los Sapiens siguieron su rumbo… y al rato escucharon como un aullido de lobo… y desde atrás de unas ramas, apareció un lobito muy pequeño… quizás era el cachorro de la comida de la osa…

El lobito, los siguió… lo espantaron varias veces, pero siempre volvía… Lam, el niño, lo empezó a mirar con simpatía… y en un momento, lo agarró del cuero del pescuezo y lo puso dentro de su morral… con la cabeza afuera… Y llegaron a su segundo refugio… llevando unos pocos animales chicos… que alcanzaron a cazar sin mucho esfuerzo…

Este grupo era muy habilidoso para la caza… y también para la pesca… una habilidad que se apoyaba en lo que habían aprendido de sus mayores… a lo que sumaban la experiencia que habían ido ganando…

Esa noche, después de comer y sintiéndose saludables y fuertes, este grupo de Sapiens festejaba la vida… Entre fuegos y cuentos… festejaba la vida…

Mora, sintiéndose alegre, se paró y en un lenguaje más gestual que verbal, dijo: "Me siento feliz… como hace mucho no me sentía… Por momentos, esta noche he sentido la armonía que nos hermana…Sé que mañana habrá peligros… y osos… y hienas… y lobos… y mamuts… y víboras… y muchas noches nos preguntaremos si mañana enfermaremos o si estaremos vivos… pero siento que algo nos protege… no sé qué es… pero algo nos protege…

Sabemos cazar y pescar… sabemos dónde hay agua… sabemos hacer fuego… sabemos hacernos ropas que nos alivian del frío… conocemos de plantas… sabemos pintar lo que nos va pasando… sabemos hacer herramientas y armas… y podemos defendernos de los ataques de cualquier animal… sabemos entendernos entre nosotros… y nos equivocamos poco en nuestras decisiones…".

Con un gran gesto unificador, Mora afirmó: "Somos fuertes, amigos… ¡nosotros somos muy fuertes!... y se sentó, con una sonrisa en la cara… y varios repitieron, como murmurando… y afirmando la imagen…: ¡nosotros somos muy fuertes!".

Esto pasó hace unos 30.000 años… en un bosque cercano a lo que hoy es Asturias, en la península ibérica…

Los Sapiens… y la gratitud…

Los Sapiens llevaban numerosos días de marcha… su caza venía siendo abundante… y esa noche en el refugio, decidieron que tres de ellos volvieran a la cueva… a llevar provisiones frescas a sus compañeros… a Ari, el accidentado… a Esi, el imitador de pájaros… y a Elo, la niña…

Serían de la partida, Clo, la pintora… Nor, el más experimentado en desplazamientos… y Lam, el niño… que llevaría al cachorro de lobo… que ya se había ganado el cariño de todos…

A veces molestaba un poco con los aullidos… pero a su vez, era un buen guardián con su olfato prodigioso… Ya verían que hacer cuando creciera…

Arrancaron bien temprano de mañana… y luego de tres días de viaje sin mayores inconvenientes, llegaron a su hogar de invierno…

Cuando los vieron llegar, Ari, Esi y Elo se alegraron mucho… y enseguida alimentaron más el fuego… para compartir una comida de bienvenida… mientras comían intercambiaron las vivencias de los últimos tiempos… la recuperación de la pierna de Ari iba muy bien… apoyado en Esi, lograba caminar lentamente… el río había sido generoso con ellos y pudieron alimentarse sin mayores problemas…

El trío visitante contó su encuentro con los otros Sapiens… la caza del bisonte… el encuentro con la osa… y la mascota… el pequeño lobo… que estaba ahí, sentado con ellos, como uno más…

Luego, Nor sacó de su morral la piedra meteórica… que nadie sabía que era meteórica… y se la pasó a Ari, el experto en fuego, que la miró incrédulo por largo rato… la observó en detalle y luego probó chocarla con su mejor sílex… y de esos choques surgieron unas cuantas chispas muy prometedoras…

Cayó la noche… y la pequeña Elo les contó que ahora ella también imitaba pájaros y que Esi le había hecho una capa como la de él… se separaron con Esi unos metros hacia atrás… y de espaldas se pusieron sus capas emplumadas… y comenzaron la actuación…

Elo se movía con mucha soltura y gracia… y había aprendido los cantos de un par de pájaros que todos reconocían…

Finalizaron y todos hicieron ruido con lo que tenían a mano, en señal de aprobación y Elo abrazó a su madre que la felicitó largamente…

Ari se conmovió con la escena… y con un lenguaje más gestual que verbal, les dijo: "Me siento tan agradecido… que no sé cómo expresarlo… tanto me han cuidado… tanto me han ayudado Esi y Elo… que pronto volveré a caminar… ustedes me han traído esta piedra tan preciosa… y tan extraña… que seguro será muy útil para todos…

Quiero contarles algo que escuché en un sueño la otra noche… en ese sueño, alguien que no pude reconocer, me decía: 'Ari… del alma del hombre bondadoso surgen tres tesoros… la gratitud… la ayuda… y la alegría…'. Estas palabras las tomaré como recomendaciones para mi vida, amigos". Y Ari se emocionó hasta las lágrimas… mientras sus amigos asintieron… también, emocionados…

Esto sucedió hace unos 30.000 años… en un bosque cercano a lo que es hoy Asturias, en la península ibérica…

Los Sapiens… y las revelaciones...

Ya estaban todos los Sapiens reunidos nuevamente… los 16… los amigos de la cueva se habían trasladado sin apuro… hasta alcanzar a sus compañeros…

Casi una semana les llevó llegar hasta el refugio… Ari caminaba ya casi normalmente...

Estaban todos alrededor del fuego… acababan de comer y el ambiente era de expectación… Lo era porque Luc, la chamana del grupo, estaba por despertar… ella, al finalizar la época de nevadas, con la última luna llena, hacía su rito más importante…

Luego de dos días de ayuno, preparaba y tomaba un brebaje… del que sólo ella y Mar sabían su composición… después se recostaba… habitualmente "dormía" dos días… al despertar, comunicaba al grupo lo que había vivido en su viaje…

Luc se despertó... junto a Mar, se acercaron al grupo... los miró uno por uno a todos... y en un lenguaje más gestual que verbal, les comunicó: "Estuve cerca del Sol... al principio, me encontré con el Pájaro Saltarín... él me dijo que nos cuidemos de los leones... que ellos estarán vengativos por un tiempo... y que no lloverá mucho... y que el próximo invierno será tan frío como el peor... y que no comamos peces hasta que la luna cambie dos veces...

Le agradecí al Pájaro Saltarín... le alcancé las frutas que a él tanto le gustan... luego, todo se oscureció... tanto que no alcanzaba a ver mis manos... y temí no volver... pero en un momento, sentí la presencia del Pájaro Imponente... que desplegó una de sus alas... y la oscuridad desapareció en un instante...

El Pájaro Imponente me dijo: 'Aquí el Sol es el origen... y ustedes fueron creados con un pequeño Sol en vuestro interior... la claridad de vuestros pensamientos proviene de ese pequeño Sol... el afecto puro también... Hasta el brillo de vuestros ojos provienen de esa gran maravilla... y el entusiasmo que sienten a veces, también nace de ese Sol que les ha sido dado... estas y otras aún no reveladas, son las vías que los comunican con vuestro Sol... no se alejen de ellas y la Luz siempre los acompañará'. Me quedé en silencio, agradeciendo... y no le obsequié nada al Pájaro Imponente... porque es sabido que él no come ninguna cosa... y luego fui retornando... desde lo alto, muy alto... y aquí volví para estar junto a ustedes..."

Un silencio profundo y meditativo se apoderó del ambiente... solo se escuchaba el crujir de la leña atacada por el fuego...

Hasta que oyeron un largo y significativo aullido... del cachorro de lobo... y todos, incluida Luc, se sonrieron levemente... pero luego siguieron introspectivos... y reflexivos... Así, este grupo de Sapiens continuaría su rumbo... en ese espacio hostil y en aquel tiempo primordial... Un rumbo algo incierto para ellos... pero sólidamente inscrito en su Destino...

CARACTERES DE LA DESILUSIÓN

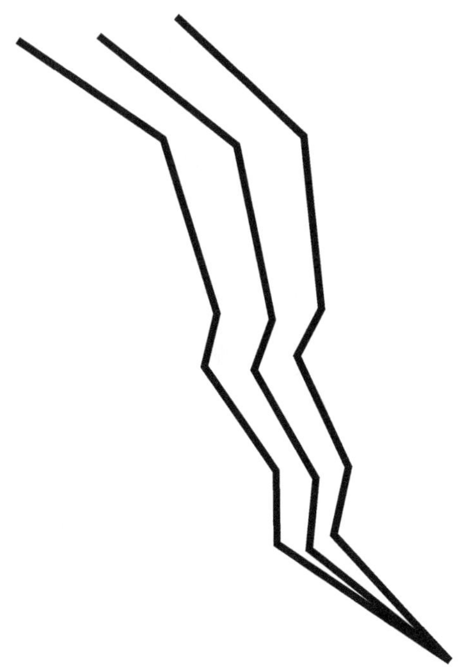

El simpático de cristal...

El hombre es simpático... de los que se destacan en cualquier reunión social... siempre tiene a mano su sonrisa entradora... o el chiste adecuado para cada ocasión...

Todo en él parece amable y cordial... pero si se lo observa con atención, su mirada no acompaña esa simpatía... sus ojos siempre están en otro lado... dislocados de la aparente gracia de toda su actuación... cuando alguien se da cuenta de su montaje, él lo nota al instante... y su gracia se va apagando de a partes...

Primero su mirada se torna algo más turbia... después su cara se pone muy seria... luego sus manos se tensan... y, por último, el resto de su cuerpo se apaga...

Es, nuestro amigo, un simpático de cristal... muy sensible al contacto y con facilidad para la rotura...

Él sabrá a qué juega con esa simpatía incompleta... e inconsistente... él sabrá...

El simpático de cristal es... como un globo sin aire.... como una fachada linda que cubre un terreno... como un lindo saco colgado de una percha vieja...

El falso rico...

El hombre no es rico, pero cree o simula que lo es... y agiganta sus pocas posesiones para que parezcan enormes... y frutos de su gran inteligencia y esfuerzo...

Y con facilidad y sin que nadie se lo pida, empieza a sermonear sobre lo que habría que hacer... para ser tan rico como él...

Admira a los exitosos... y a sus engendros ideológicos... como la meritocracia, las virtudes de los emprendedores, etc.

El falso rico es externo, claro… y toda su interesante interioridad está malograda y volcada hacia unas paredes y un techo… hacia un auto y unas comidas de moda… y alardea… alardea… y se lo suele ver acompañado por una rubia falsa… con nariz falsa y otras falsedades…

El falso rico lleva su pose al extremo… haciéndola vida, pensamiento y visión… es como un estanciero sin estancia… como un tenista sin raqueta… como una piscina sin agua…

El romántico especulativo…

El hombre tiene un corazón romántico… y conoce todas las reglas de ese mundo… su idioma, sus hábitos… y esa emoción embriagadora hasta le da un tono de voz romántico, cuando hace falta…

Pero su cabecita marcha en otra dirección… tiende a especular… y él vive esa contradicción a diario…

Desde chico vivió esa pequeña, o no tan pequeña, batalla… un corazón con facilidad para expandirse… contra unos pensamientos con facilidad para contraerse…

Entre su corazón y su cabeza está su cuello… y curiosamente ese pasaje lo siente muy a menudo como agarrotado… como si la energía se le trabara allí….

El romántico especulativo es errático… va zigzagueando entre la grandeza y la pequeñez…

Cuando su romanticismo emocional lo inflama, le hace brotar lo mejor de sí… pero cuando su especulación centrípeta se le impone… su vida se torna muy temerosa… casi miserable…

El romántico especulativo es como un poema tachado... como una serenata sin guitarras ni cantor... como una alabanza genial dedicada a una oficina....

El inteligente confuso...

El hombre siempre explica… muchas cosas, explica… pero resulta que nadie lo termina de entender…

Él siempre comienza con un buen título… y después se va enredando y a mitad de camino, ya no se sabe sobre qué está hablando…

Tiene raptos de inteligencia... pero son cortos los raptos… porque después todo se vuelve oscuro para el oyente o el lector…

El inteligente confuso siempre promete… sus comienzos prometen…. pero esa lucidez inicial la va perdiendo… ya en la explicación del tercer concepto… Es como si no engranara bien los razonamientos… y la fuerza que siente con el rapto lúcido inicial lo hace desvivirse y apasionarse con las ideas que fundamentarían sus aseveraciones… pero llega a un punto en el que, inevitablemente, se pierde en un laberinto sin salida…

El inteligente confuso es como un amanecer que se nubla rápido… es como un lavarropas sin jabón en polvo… es como una lámpara de luz que falla al tercer encendido...

El solidario egoísta...

El hombre es largo en las palabras… y corto en los hechos… tiene pose, actitud y discurso de solidario… pero su ayuda nunca termina de concretarse…

Él siempre quisiera ayudar… pero nunca puede… a veces se escuda en sus propios problemas… otras veces, con más sofisticación, encuentra algún motivo secundario o terciario para retacear su ayuda…

"No me gustó como se planteó el tema", suele decir… o "yo lo hubiera planteado de otro modo"…. o "porque tendría que poner yo, si otros podrían poner más y no lo hacen"… él siempre encuentra un "pero", una excusa cuando la hora de la solidaridad ha llegado…

El solidario egoísta siempre está dispuesto a ayudar… pero sólo está dispuesto… el otro puede estar en terapia intensiva o agonizando… y nuestro amigo se debate por horas… sobre si le encaja plenamente poner o no un escuálido billete…

El solidario egoísta es… como un abrazo que se iba a dar y no se dio… es como un amague permanente… es como un alma que se tenía y ya no se tiene….

El profundo superficial…

El hombre parece profundo… pero solo eso… parece… tiene rol de profundo y sus intervenciones siempre pretenden dar esa nota… la de una profundidad que nadie todavía ha alcanzado y menos aún, expresado…

Siempre su tuerca tiene una vuelta más… pero si se le pide alguna aclaración más a sus efectistas primeras declaraciones… siempre flaquea…

Y a veces se ofende… como si el auditorio no estuviera a su altura…como si no se lo entendiera…

El profundo superficial suele no tener autocrítica… y en ocasiones, le encanta interpretar las vivencias ajenas… lo que deja, al que las ha vivido, al borde del enojo o la risa…

También suele ser solemne… haciendo silencios significativos al comenzar, o en el desarrollo de su alocución…

El profundo superficial es como un tambor que no suena… como una falsa puerta… como una plomada que flota…

El rebelde moralista...

El hombre aparentemente es moderno... y "contrasistema"... y se vanagloria de cuatro anécdotas juveniles donde se enfrentó a la autoridad policial...

Su lejana rebelión y lucha por la libertad propia y ajena, ahora tambalea un poco... porque a menudo se le da por enjuiciar a los jóvenes de hoy....

Quizás los acontecimientos fueron demasiado rápidos para su cerebro, algo enlentecido por ciertos humos...

Y así, medio de golpe... ahora toma posturas conservadoras... que no coinciden con su vestimenta algo hippie y su melena, todavía algo Stone...

No entiende a las nuevas generaciones... y cree que la suya fue "la hostia"... y su emoción va para atrás, añorando un mundo que por fortuna ya no existe...

El hombre fue rebelde para aquel mundo... y resulta algo moralista para éste... que es más impreciso y sofisticado... y donde el enemigo no es tan nítido...

El rebelde moralista es... como un proyecto que no salió... como un rompecabezas al que se le perdieron la mitad de las piezas... como una antena que intenta captar una onda que ya no existe...

El artista comerciante...

El hombre es un artista... es decir, "vibra" con su inspiración y sus creaciones... tiene talento y sus obras son reconocidas...

Pero vive en una época donde reina un Dios muy berreta... el Dinero... y el artista, que era bastante puro en sus comienzos, fue entrando en la madeja revuelta del comercio...

No se dio cuenta que, al hacerlo, iba perdiendo la inspiración… él creyó que lo podía manejar, pero su especulación pragmática lo alejó del arte… sin remedio y sin hacer batifondo…

Y paulatinamente su obra se hizo mediocre… y se paralizó… y al mismo tiempo, fue mejorando su ingreso monetario…

Ahora está en una crisis creativa… y lo más probable es que le eche la culpa a cualquier secundariedad… y anda por ahí, taciturno y apagado, extrañando a las musas que, por ahora, lo evitan…

El artista comerciante es como un ángel caído… como una risa que se extraña… como una frescura que, empacada, no quiere volver…

El normal empastillado…

El hombre se fue sintiendo raro… hace tiempo… y en vez de reflexionar y de procesar sus conflictos, empezó a empastillarse… primero para dormir… después para despertarse… y ahora, estas pastillitas le manejan sus horarios y su variable ánimo…

Toda esta dependencia química para poder llevar una vida "normal"… es decir, trabajar y dormir… y alguna que otra actividad más, con la poca energía que residualmente le queda…

Esa química diaria baja la intensidad de sus conflictos… no los arregla, ni los encamina a su resolución, claro que no… solo les minimiza su expresión…

El normal empastillado "vive" una vida artificial… práctica, pero artificial… donde nada lo enoja mucho, pero tampoco nada lo alegra mucho…en fin, una tristeza de vida…

Y así, al hombre se le ha ido apagando la mirada… y sus movimientos han ido perdiendo gracia… y su vida va resultando algo "zombie" … embotada y zombie…

El normal empastillado es.... como un éxito del sistema... es como una bolsa de pólvora mojada... es como una posibilidad que dejó de serlo...

El individualista afirmado...

El hombre se siente importante... no se sabe bien por qué, pero así se siente... y, desgraciadamente, quiere que ese sentir lo compartamos los demás...ahí va... caminando como alguien descollante... mirando desafiante y seguro a los que se cruza...

Siempre logra transformar cualquier diálogo, en un monólogo... suyo, claro... y nos muestra, sin pudor y sin que nadie se lo pida, sus logros y sus pensares...

El individualista afirmado es, obviamente, individualista... cree en la fuerza de las personalidades, en la competencia y en la ley del más fuerte...

No entiende "lo común" ... no disfruta de lo compartido... y vive como si tuviera una nube impermeable sobre él...

Quiere que todo vaya hacia él... la atención de los demás, la admiración y si pudiera lograrlo, quisiera que grandiosos aplausos lo mimaran...

El individualista afirmado es como un tonel de vino, sin vino... es como una piel sin nada adentro... es como una sombra que se cree luz...

El curioso sin intensidad...

El hombre es de una curiosidad desganada... débil... quizás, la sobreabundancia de objetos de esta época, le fue provocando esa curiosidad retraída… Él no lee, hojea… no escucha, apenas oye… no mira, apenas ve… es como si una pequeña fuerza lo llevara hacia los objetos, pero otra fuerza similar lo ensimismara…

Quizás demasiadas ferias… demasiadas opciones… demasiadas tiendas, lo fueron llevando a esa curiosidad tímida, que casi desprecia al objeto…

El curioso sin intensidad, mironea al pasar al objeto… no lo apresa en su esencia… no lo estudia… ni lo contempla… solo le da una pasada por arriba, con un desinterés inevitable desde la partida…

A él nada lo sorprende… hay algo de hastío en él… le cuesta conectarse en serio con alguna forma o con algún fenómeno… es como si posara sobre el mundo un desgano general…

Le cuesta sentir intensidad y podría decirse que nada parece moverle el amperímetro…

El curioso sin intensidad… es como un ser que está cansado por haber ido a un lugar que no fue… es como un tigre sin alma de tigre… es como un acto que nunca llegó a su objeto…

El creyente ateo…

El hombre supone ser creyente… pero en realidad es ateo… porque no hay ningún rastro de religiosidad o espiritualidad en su vida… ninguno…

Recuerda poco de su culto… solo algunas frases, algunas indicaciones… y no mucho más… y en su vida diaria y en sus decisiones, suele pasar por alto esos pocos parámetros…

Él tiene más vínculo emocional con un periodista de la TV, que con cualquier supuesta divinidad…

Entonces, resulta más creyente de los valores de esta época, que de los valores de su teórico culto…

El creyente ateo es revanchista si lo perjudican... es enjuiciador si lo provocan... y no tiene ningún problema en tirar la primera piedra...

Para él la piedad no es algo que se pueda sentir... para él, es sólo una linda escultura que está en algún lugar de Roma...

No hay en él rastros de fe en el más allá... vive como si fuera solo un cuerpo, que cuenta con algunos controles operativos en su interior...

Sólo algunas pocas desgracias lo llevan a algo parecido a una reflexión trascendental... pero duran una tarde y luego todo vuelve rápido a la externalidad...

El creyente ateo es... como una torta negra sin azúcar negra... como un ser que no es... como el primer actor del final de una parodia...

CARACTERES DE LA NUEVA TRADICIÓN

El celebrador…

El celebrador es expansivo… y disfruta de todo aquello que tiene "gracia" para él… siempre lo inspiran los eventos conjuntos… suele tener buen humor y sin quererlo, va contagiando su ánimo allí por donde pase…

El celebrador genera encuentros sin ningún motivo práctico… con uno o con muchos… solo porque le gustan las personas… y porque lleva a flor de piel un espíritu festivo…

Ha aprendido a disfrutar de lo mínimo… de lo muy mínimo… y siempre apunta a que su ser esté presente donde su cuerpo está presente… él sabe que una buena celebración brinda fuerza y alegría a sus partícipes… y que esto, ¡ayuda a las vidas… tanto ayuda!

A él le encanta el desorden de lo vivo… y la dinámica genial e incierta que, en ocasiones, se da entre las personas…

El celebrador… es como un secarropa, centrífugo… es como una brisa que llega y te refresca a tiempo… es como un testimonio cercano del Nosotros…

El voluntario…

El voluntario ayuda… y siempre intenta no dejar solo a quien necesita un apoyo… y no recibe nada a cambio…

Le gusta aprender… y es la contracara del interesado… también suele ser largo en los hechos y corto en el palabrerío…

Siempre está dispuesto y le atrae compartir labores… y post labores, donde el músculo se relaja… y la satisfacción por lo hecho hace brotar anécdotas divertidas…

No tiene la cabeza tarifada ni la emoción asalariada… utiliza la cabeza para pensar e imaginar y la emoción para sentir y vibrar…

Aunque nuestro amigo atesora un secreto… ¡que es lo bien que se siente por hacer lo que hace!

El voluntario ya cuenta con el alma del mundo que se viene… es como un café a punto en una mañana destemplada… es como un hermano de la jornada… es como un escalón fuerte en la escalera…

Ser no-violento…

Ser no-violento es jugarse por la evolución del ser humano… es no responder con la misma moneda a todas las violencias... la física, la económica, la institucional, la racial y varias otras…

Es mucho más que ser pacifista… es ser activo en un modo de acción transformadora… que enfrenta las injusticias y se solidariza en serio con los que las padecen…

Ser no-violento es detestar la violencia… por retrógrada, cruel y destructiva…

Es luchar contra la explotación económica… por más que sea legal y sofisticada... y se la quiera vender como necesaria para un supuesto progreso…

Es también saber que, en la historia, los cambios sociales se produjeron siempre por la acción de los discriminados… y nunca por arranques de bondad de los discriminadores…

Es además inspirarse para superar la propia violencia… y así salirse del círculo interminable de la venganza y el desquite…

Ser no-violento… es como adelantar un mundo que se viene… es como una decisión que enaltece… es como un milagro del alma humana…

Nutrirse de una nueva espiritualidad...

Nutrirse de una nueva espiritualidad... vibrante y viva... centrada en la propia experiencia y alimentada por un intercambio libre...

Sin poses... sin solemnidades... Una espiritualidad alegre y testimonial en hechos...y que no tenga otra opción que contagiarse...

Que conviva con lo terrenal... y que, al ir creciendo, derrame su sentido y su bondad sobre el mundo...

Una espiritualidad que siempre intente rumbear hacia lo Sagrado... sin intermediarios y sin inquisiciones... que formule propuestas sociales nuevas... basadas en la compasión y en el buen conocimiento... en la igualdad de derechos y oportunidades... y en la resistencia justa a toda forma de violencia...

Nutrirse de una nueva espiritualidad... es como volver a orientarse después de haber estado distraído... es como acercarse a un río fresco una tarde de verano... es como volver a sentir la grandeza de saberse humano...

Con un nuevo afecto...

Con un nuevo afecto... surgido desde la reconciliación... desde el agradecimiento... y desde el intento de tratar al otro como uno quiere ser tratado... Genuino y universal... una emoción que trascienda lo externo de las culturas y las diferencias entre las distintas generaciones... que sea coherente con el buen conocimiento... que encamine hacia las virtudes de los demás y hacia las propias... dejando atrás los secretos resentimientos...

Con un nuevo afecto... que se sostenga vivo más allá de cualquier infortunio.... suavemente alegre... y que se realimente en el dar... Sentir un nuevo afecto... es como no necesitar nada más... es como volver a jugar después de mucho tiempo… es como mirar las estrellas y volver a emocionarse…

Con un nuevo pensamiento…

Con un nuevo pensamiento… que priorice lo humano… como máximo y primer valor… que priorice a todos los humanos y no a unos pocos privilegiados…

Y que los demás valores queden subordinados a esta primacía… y ya ni Dios, ni la Patria, ni el Dinero, ni cualquier revolución puedan sacrificar vidas humanas para sostenerse…

Con un nuevo pensamiento… desprejuiciado… donde convivan en armonía la buena ciencia y la búsqueda espiritual… y donde la inspiración y el arte sean necesitados e impulsados… donde se sepa que el talento, la nueva imaginación y la inteligencia más brillante, pueden estar latentes en cualquier rincón olvidado del planeta…

Con un nuevo pensamiento… que se reconozca dentro de un proceso evolutivo… y que agradezca el trabajo hecho por las generaciones que nos precedieron… donde los modelos de vida más comunes, sean los de las personas bondadosas… y los de aquellos que con sus aportes ayudaron o ayudan a superar el dolor y el sufrimiento humano…

Con un nuevo pensamiento… como un árbol que alcanzó una nueva altura… como una inspiración elevada que nos hace sonreir… como una idea que, de pronto, ilumina el mundo…

Nuevos horizontes....

Si no se participara plenamente en esta nueva espiritualidad… y se sintiera sólo el afecto surgido desde el Yo… que, como mucho, llega hasta la afinidad… Y si se estuviera intentando acomodar viejas líneas de pensamiento… sin frescura…. y sin coherencia con lo mejor del mundo interno…

Si se sintiera atracción hacia el dramatismo y hacia todo lo conflictivo… y si se retaceara la ayuda cuando es necesaria… y, por último, si se diera "por sentada" a la no-violencia en la propia interioridad… Si se viviera a menudo esto último… aún se estaría inmerso en un mar de fuerzas que se oponen…

Pero si se está viviendo en serio una nueva espiritualidad… sintiendo un nuevo afecto… desarrollando un nuevo pensamiento… celebrando… siendo voluntario… y profundizando en la no-violencia… Éstos pueden ser indicadores de una vida renovada… y hasta un posible modelo conductual para una nueva organización social…

Nuevos horizontes… como una aventura inesperada… como un rapto energético… como un paisaje hermoso que se ve por primera vez…

Caminando hacia lo nuevo…

Dejando atrás los cambios solo reformistas, se puede caminar hacia lo nuevo… que es un espacio donde solo se puede aprender…

Si se necesitara fuerza para el desplazamiento… si se necesitara combustible para continuar en el intento… solo se podrá extraer de lo que se va experimentando en la nueva espiritualidad…

Solo allí se encontrará lo verdaderamente nuevo… las inspiraciones inesperadas… y la brillantez que se necesita…

Y al agradecer, los nuevos descubrimientos se irán fortaleciendo... y se mantendrán sólidos pese a los vaivenes de la época que se va...

Y el futuro será una aventura propicia... y nada se extrañará... y hasta se irán aclarando algunos viejos misterios...

Caminando hacia lo nuevo... como un impulso inevitable... como un cuadro que se va pintando... como un acertijo que se puede resolver...

El Nosotros

Descubriendo el Nosotros... a poco de caminar hacia lo nuevo... y no como teoría... ni como rapto poético... el Nosotros como vivencia experimentable y ascendente...

En ocasiones, el Nosotros alcanza notas sublimes... y se convierte en un hecho inolvidable... en un acontecimiento extraordinario...

Es lo mejor de lo interpersonal, en vivo... donde las ideas y las emociones circulan sin barreras... y, sobre todo, sin personalidades que pretendan acapararlas...

Descubriendo el Nosotros... como un abrazo espiritual... como un lazo invisible... como un nuevo ser...

Las intuiciones y las evidencias...

Caminando hacia lo nuevo... también se encuentra la zona de las intuiciones y las evidencias...

Las intuiciones o sospechas... algo fugaces en ocasiones... pero con ese gran valor de dejar un rastro de ese otro mundo...

Las intuiciones muestran... y reflejan la existencia de ese otro plano...

Las evidencias son indudables para el que las vive… son contundentes y certeras… y se mantienen inalterables con el paso del tiempo cronológico…

Las intuiciones y las evidencias… como señales… como la mejor memoria… como transportadoras de la Unidad…

EL CÓDIGO DE LA FELICIDAD

Buenos Aires rock...

Fuimos con un amigo a realizar un trámite al Centro... cerca de la calle Florida... el trámite fue insólitamente rápido... y como está establecido en el Código de la Felicidad, artículo 24, a la salida nos dirigimos a tomar un café...

Mientras lo hacíamos, intercambiamos algunos pensamientos que parecían inteligentes... mezclados con chistes algo agudos... y varias carcajadas algo pasadas de volumen... y en eso estábamos, gozando de la felicidad propia del artículo 24... cuando en la esquina... en diagonal a nosotros... veo a alguien muy singular repartiendo volantes...

Quizás cuarentón... vestido de última moda... repartiendo volantes de un supermercado...

Él podría ser un escenógrafo... un actor italiano... un pintor de cuadros... un modisto internacional... pero no, él estaba en esa esquina en la rutinaria y apagada función de repartidor de volantes...

Mi amigo también lo miró y me dijo: "Así es la desestructuración... pedazos de cosas pegadas... y una no tiene nada que ver con la otra" ... y no le respondí nada... porque siempre necesito algo de tiempo para ponderar bien estos sucesos...

Y nos fuimos, mirándolo... y me fue quedando claro que este super elegante volantero, se suma a mi nutrido elenco de personajes porteños... se suma a Batman... a aquel milonguero de 1950 que me crucé en la Av. Rivadavia... a una rubia de 70 largos, que se viste como de 20... al coro de rubias que cantaba en alemán... al dueño del café Saeta que tenía el pelo celeste...

Ellos y otros que ahora no recuerdo fueron, para mí, percepciones inolvidables... que parecen navegar livianas en este océano de aguas inciertas... porque también hubo otras percepciones algo más pesadas... de esas que uno hubiera preferido no percibir...

Como las miradas, entre perdidas y agresivas de los enredados con sustancias nocivas… como las percepciones de los extenuados y agotados… o de los que perdieron la cordura…

Claro y por fortuna, también hubo y deseo que sigan habiendo, percepciones muy reconfortantes… como la de aquel joven sonriendo íntegro… como la de aquel anciano pícaro y rebosante de vitalidad… como la de aquel laburante ayudando a otro laburante…

Me estoy dando cuenta ahora… que quizás el reiterado cumplimiento del artículo 24 del Código de la Felicidad, sea lo que me acerca a personajes como el volantero super elegante… lo voy a reflexionar… como siempre, necesitaré algo de tiempo…

Artículo 24…

Me pidieron con insistencia que transcriba el artículo 24 del Código de la Felicidad, mencionado en el relato anterior… aquí va…

Art. 24: *Si usted realiza por la mañana algún trámite en alguna dependencia estatal, no olvide, a su salida, compensar este acontecimiento disfrutando de un café…*

Explicaciones adicionales: si usted permaneció en la oficina más de una hora, acompañe su infusión con alguna medialuna o en su defecto, con un tostado de jamón y queso…

Si en dicha oficina usted recibió algún documento sellado con tinta, no olvide, además, dejar una buena propina al mozo del establecimiento…

Si usted asistió acompañado a dicha oficina, la cuenta total del café deberá ser abonada sólo por uno de los asistentes…

Esta pequeña acción de desprendimiento, resulta muy eficaz para desorientar a los espíritus burócratas… que quizás, los hayan seguido hasta el café…

Si usted debe volver a esa oficina al poco tiempo, retorne al mismo café y reitere las instrucciones anteriores…

Cumpliendo con estos procedimientos, usted quedará libre de la influencia de las fuerzas oscuras que suelen rondar en los cajones, escritorios, carpetas, sellos y percheros de las oficinas públicas…

Nunca olvide que estas fuerzas tenebrosas han opacado y malogrado a más de un espíritu expansivo…

Artículo 22…

Me han pedido, también con insistencia, que describa otros artículos del Código de la Felicidad… con algo de tiempo, lo intentaré…

Va el artículo 22…

Art. 22: *Si usted ha tenido que realizar un trámite en una institución bancaria, a su salida, compense este acontecimiento caminando 150 metros, mientras va repitiendo internamente: 'Dinero… tú no eres, ni serás mi Dios'.*

Explicaciones adicionales: Si usted tuvo que permanecer más de una hora en el establecimiento, sume a ese pedido la acción de posar su mano izquierda sobre su corazón…

Si sólo ha ingresado al banco para retirar unos pocos billetes del cajero automático, realice el procedimiento sólo por 50 metros…

Si usted ha cobrado una suma considerable en ese trámite bancario, observará que tiende a olvidarse de este artículo… en ocasiones, usando el artilugio mental de posponer el procedimiento sugerido…

Si se ha demorado más de 3 horas en aplicar el artículo 22, sólo podrá compensar y equilibrar lo vivido de la siguiente manera: "Desnúdese… dúchese… enjabónese… enjuáguese… séquese…y cambie toda su vestimenta… incluida la ropa interior". Mientras realiza todo este procedimiento de emergencia, repita internamente: "Dinero… tú no eres, ni serás mi Dios". Cumpliendo estas sugerencias, usted quedará libre de todas las influencias negativas… originadas en su visita al templo de este nefasto Dios pagano…

Nunca olvide que este Dios se presenta en formas muy engañosas… y que ha desviado a más de un ser humano con preciosas posibilidades… y que aún lo sigue haciendo…

Artículo 20 …

Me siguen insistiendo para que transcriba algunos artículos del Código de la Felicidad… lo voy intentando… aquí va el artículo 20…

Art. 20: *Si usted, sea por distracción o por fuerza mayor, acabó viendo un programa de TV, donde políticos analizaron la situación del país… no olvide compensar esta acción desgraciada del siguiente modo: salga de su casa… camine al menos 400 metros… vaya al kiosco más cercano… compre su golosina preferida… proceda a comerla… mientras, va recordando tres de los acontecimientos más felices de su vida.*

Explicaciones adicionales: si por extraños motivos alguna parte del programa le gustó, además de su golosina preferida compre tres alfajores… de los mejores… y proceda a regalarlos a los primeros tres niños que se encuentre…

Si usted también miró las publicidades, además de las compras anteriores, no olvide en su caminata observar con detenimiento y atención a todas las plantas, flores y árboles con las que se cruce…

Si usted en algún momento del programa pensó: ¡Qué bien lo que dijo este tipo!, además de las recomendaciones anteriores, pare en alguna esquina de su caminata y reflexione estas dos frases: ¿Quién soy?… y ¿Hacia dónde voy?

Cumpliendo con estos procedimientos podrá estar libre de la toxicidad inherente a su acción anterior…

Nunca olvide que la repetición de la acción enmarcada en el Art. 20 ha teñido de mediocridad a muchas vidas… vidas que, en su momento, prometían logros y felicidades de distinto tipo…

Artículo 18…

Continuamos en la línea de transcribir los distintos artículos del Código de la Felicidad… aquí vamos con el artículo 18…

Art. 18: *Si usted, por imperio de las circunstancias, se ha sentido humillado u ofendido por alguien … no olvide compensar el desagrado del momento vivido del siguiente modo: escriba las características esenciales de la ofensa recibida… introduzca el escrito en un sobre… en lugar seguro, prenda fuego dicho sobre… mientras repite internamente: "Mi alma está libre de revanchas…".*

Explicaciones adicionales: si la humillación ha sido brusca, además del procedimiento anterior intente comunicarse con un amigo… sólo para saber cómo se encuentra él…

Si además de brusca, la humillación duró más de 5 minutos, además de las acciones anteriores proceda a tomar el postre helado de su preferencia… si la situación se produjo en época invernal, el postre helado puede suplantarse por su chocolate preferido…

Si además de brusca y duradera, la humillación fue presenciada por otras personas, además de las recomendaciones anteriores, organice un encuentro con sus amistades más cercanas, el sábado siguiente al suceso… Dispóngase a ser el mejor anfitrión… procurando que el encuentro sea festivo y celebratorio y en lo posible tenga características danzantes…

Cumpliendo estos simples procedimientos, usted habrá equiparado benéficamente aquella humillación recibida… y su caudal de felicidad no se verá afectado…

Nunca olvide que las heridas recibidas en situaciones humillantes no tienen fecha de vencimiento…

Y qué la situación descrita en el artículo 18, suele afectar negativamente y de modo inadvertido los sueños y los despertares…. y también al porvenir general…

Artículo 16…

Continuamos con la intención de describir los distintos artículos del Código de la Felicidad… aquí va el artículo 16…

Art. 16: *Si usted, por imperio de las circunstancias, tuvo que entablar un diálogo sostenido con un 'conservador con inclinaciones fascistas'… puede compensar ese ingrato momento del siguiente modo: vuelva a su casa… dúchese…vuelva a vestirse, ahora con colores vivos… abra una ventana… respire hondo el aire fresco… sonría… y repita internamente: "Nada hará que vea a otro ser humano como mi enemigo".*

Explicaciones adicionales: si en algún momento de la conversación usted, quizás algo distraído, asintió con la cabeza al escuchar frases de este tipo: "… lo que pasa es que en este país la gente no quiere trabajar".

Además de la recomendación anterior, tómese 20 minutos para repasar, en grandes trazos, las luchas realizadas para mejorar las condiciones laborales en los últimos 200 años…

Si su distracción fue aún mayor y se quedó callado ante frases como: "A estos negros de mierda, habría que matarlos a todos".

Siga las recomendaciones anteriores y luego proceda a reflexionar sin apuro, pero con humildad, la siguiente frase de Silo: "Aprende a resistir la violencia que hay en ti y fuera de ti".

Si además de estar distraido y quedarse callado, al concluir el diálogo le dio la mano o un beso a su interlocutor… luego de completar las sugerencias anteriores, desplácese hasta una pinturería y compre tres aerosoles naranjas…

En las noches siguientes, salga a grafitear la siguiente frase: "Abajo el fascismo antihumanista".

Proceda a hacerlo hasta ser interrogado por la policía … si es descubierto por las "cámaras totalitarias de seguridad", o en caso de ser alguien afortunado, hasta quedarse sin pintura…

Cumpliendo estos procedimientos usted compensará benéficamente sus distracciones… se encaminará hacia el fortalecimiento de su posible endeblez ideológica… y su caudal de felicidad no se verá afectado por la anterior situación vivida…

Nunca olvide que el pensamiento discriminador y violento suele difundirse en épocas de desorientación general...

Y que desatender a las sugerencias reparadoras previstas en el artículo 16, contribuye a que dicho pensamiento se siga expandiendo…

Artículo 14…

Seguimos con la intención de describir los distintos artículos del Código de la Felicidad… aquí va el artículo 14…

Art. 14: *Si usted, por la repetición fortuita de una serie de acontecimientos favorables, tiende a olvidarse que los demás existen… sintiéndose poseedor de "verdades irrefutables" que todos debieran atender… e incurre en pequeños maltratos y atropellos en las relaciones humanas… puede reparar esta especie de 'virus de altura' del siguiente modo: estando en soledad, haga un esfuerzo para reconocer el carácter compensatorio de su comportamiento… si su 'voladura mental' le impide reflexionar, proceda a descalzarse y fíjese si no necesita cortarse las uñas de los pies.*

Explicaciones adicionales: si este comportamiento se reitera habitualmente, súmele a las recomendaciones anteriores, lo siguiente:

el próximo lunes, camine 250 metros vestido a contrapelo del clima… si hace mucho calor, usted se abrigará como si fuera invierno… si hace mucho frío, proceda a la inversa… y observe con qué facilidad su omnipotencia tiende a esfumarse...

Si además de reiterados, sus atropellos no han sido tan pequeños… luego de seguir las sugerencias anteriores, busque en el diccionario el significado del término "escuchar"... procediendo a la aplicación de esa acción con sus relaciones… mínimamente por el lapso de una semana… Si además de reiterados y no tan pequeños, sus atropellos han sido sobre personas en situación de "mayor debilidad" que la suya… proceda a cumplimentar las recomendaciones anteriores….

Luego pídale a un amigo que lo acompañe hasta alguna plaza donde haya una calesita/carrousell… pague la vuelta… párese al lado de un caballito… y que su gentil amigo fotografíe su pasada...

Proceda a publicar la foto en la red social que más utiliza… con el siguiente texto: "Amigos… acabo de bajarme del caballo".

Siguiendo estas simples recomendaciones del artículo 14, usted habrá compensado de modo benéfico, los perjuicios ocasionados con su inadecuado comportamiento … y su caudal de felicidad no se verá afectado...

Y nunca olvide que los atropellos y maltratos, generan malestares duraderos en quienes los reciben… y contradicción, también duradera, en quien los genera…

Artículo 12…

Continuamos con la intención de describir los distintos artículos, del Código de la Felicidad… aquí va el artículo 12…

Art. 12: *Si usted, por imperio de las circunstancias, tuvo que ingresar a un establecimiento donde se practica el culto oficial… y esas circunstancias, lo llevaron a tener que permanecer allí durante el desarrollo de algún ritual... puede compensar este acontecimiento sombrío del siguiente modo: vaya a una plaza... si es posible, siéntese... mire los árboles y las flores, si las hubiera... observe cómo caen los rayos del sol sobre las hojas... mire con detenimiento y afecto a tres niños... y luego, agradezca en su interior por la existencia de la vida... por la propia y la de todos los seres... cuando sienta una tibieza expansiva en su corazón, la compensación sugerida habrá finalizado.*

Explicaciones adicionales: si tuvo que permanecer en el establecimiento más de 1 hora, luego de seguir las recomendaciones anteriores, proceda a "alegrar" a alguien... sea mediante una broma... un regalo... o del modo que usted entienda conveniente...

Si en algún momento del ritual, por distracción, usted se advirtió murmurando invocaciones... luego de seguir las recomendaciones anteriores, dedíquese 1 hora por día durante 1 semana, a escuchar una música que lo entusiasme... lo conmueva... o lo divierta...

Si además de ingresar a ese establecimiento y murmurar invocaciones por distracción, usted en algún momento se arrodilló...

Luego de seguir las recomendaciones anteriores, proceda a verificar que pueda excitarse sexualmente... Elija usted los artilugios para que tal cosa suceda... y recuerde que es sólo una verificación...

Si por razones de edad o de otro tipo, usted no puede realizar esta verificación, proceda a rememorar las situaciones de ese ámbito que más ha disfrutado...

Cumplidos estos simples procedimientos, incluidos en el artículo 12, usted habrá nivelado benéficamente la desgraciada situación anterior... y su caudal de felicidad no habrá mermado...

Y cada tanto tiempo y en su interior, dispóngase a renegar de los sacrificios, del sentimiento de culpa y de las amenazas de ultratumba... como lo marcara Silo, hace aproximadamente unos 50 años...

Artículo 10...

Continuamos con la intención de transcribir algunos artículos del Código de la Felicidad... aquí va el artículo 10...

Art. 10: *Si por influencia de esta época "cruel y estúpida", usted últimamente se ha sentido algo apabullado y descorazonado... puede ahuyentar esas emociones perturbadoras del siguiente modo: una vez por semana, camine unos 300 metros... mientras va pidiendo en su interior Bienestar para su vida... trate de concentrarse sólo en la caminata... y en ese Pedido.*

Explicaciones adicionales: si estas emociones perturbadoras son frecuentes, extienda su caminata semanal a unos 500 metros... y además de pedir por usted, incluya en el Pedido a aquella gente cercana... que usted considera que también necesita Bienestar...

Luego, gratifíquese con algo... usted sabrá encontrar aquello que lo satisfaga... y no olvide adquirir un pequeño presente para alguien cercano...

Si además de frecuentes, estas emociones perturbadoras tienden a ser consistentes... además de seguir las últimas recomendaciones, trate que su visión no se quede en las anécdotas... intente siempre ampliar su mirada sobre lo que va ocurriendo...

Trate de ver cómo está compuesto lo que ocurre... cómo fue el proceso que llevó a esa situación... y también cómo está relacionada con otros hechos...

Esto ayudará a que sus pensamientos y sus emociones se amplíen... y no queden "pegadas" y atrapadas en ninguna situación desgraciada...

El artículo 10, le acerca un ejemplo de una mirada algo más relacional... a fines de los años 30 comenzaba la Segunda Guerra Mundial... donde murieron 60 millones de personas... quizás fue el acontecimiento más "cruel y estúpido" del Siglo 20....

Pero al mismo tiempo que esto ocurría, en una pequeña ciudad de provincia nacía un hombre alegre y sabio… que trabajaría toda su vida por la No-violencia y el Humanismo…

Y los aportes y contribuciones de este hombre al mundo, ayudaron a darle Sentido a millones de vidas… Este hombre, se llamó Silo…

No olvide que, siguiendo los procedimientos sugeridos en el artículo 10, los espíritus densos que merodean siempre cerca del pesimismo y la debilidad, se irán alejando de usted… y su caudal de Felicidad se verá restablecido…

Artículo 8…

Proseguimos con la intención de transcribir algunos artículos del Código de la Felicidad… aquí va el artículo 8… ya quedan pocos…

Art. 8: *Si usted, por imperio de las circunstancias, ha debido concurrir a una delegación de la Policía… y a su salida, por algún extraño motivo sintió ligeras nauseas… y una profunda sensación de pesadumbre… puede compensar estos curiosos malestares del siguiente modo: vuelva a su casa… revise cuánto tiempo libre le queda… active la música de su preferencia… conéctese con ella… y baile al menos unos 10 minutos…. El tiempo restante, intente disfrutarlo al máximo… recuerde que los espíritus represivos que rondan en estos establecimientos, suelen ser muy acechantes y difíciles de espantar… pero no pueden ingresar en las personas alegres y festivas"*.

Explicaciones adicionales: si además de concurrir a la Policía, usted tuvo que "prestar declaración"… luego de cumplimentar la recomendación anterior, proceda a prepararse su jugo de frutas preferido… saboréelo sin apuro… esta infusión será un gran anticuerpo… que mantendrá alejados por un buen tiempo a esos espíritus autoritarios… ellos son refractarios a todo tipo de frescura…

Si luego de asistir a la Policía y prestar declaración, usted tuvo que hablar con el comisario o con el policía de más alto rango de la seccional… siga las recomendaciones anteriores… luego encienda su TV y sintonice un canal infantil… manténgalo a volumen medio por alrededor de 40 minutos…

Esta última acción, le garantizará el alejamiento y la imposibilidad de retorno de esos espíritus sombríos… ellos no toleran la ingenuidad y el entusiasmo de las expresiones infantiles… siguiendo estas simples recomendaciones del Artículo 8, su interioridad estará a salvo… y su caudal de Felicidad no se verá afectado mayormente…

Nunca subestime la influencia de estos espíritus oscuros… cuando se adentran en alguien, suelen mutar…. y actúan como desconfianza… como especulación… alimentan todo tipo de prejuicios… y propician otras mentalidades desafortunadas…

Artículo 6…

Proseguimos con la intención de transcribir algunos artículos del Código de la Felicidad… aquí va el artículo 6… ya quedan muy pocos…

Art. 6: *Si usted, por imperio de las circunstancias, ha tenido que asistir a una consulta con un médico… y mientras ésta se desarrollaba, empezó a sentirse solo como un conjunto de órganos… o como una especie de bolsa… repleta únicamente de músculos, huesos, tendones, células, etc… puede compensar esta desafortunada impresión del siguiente modo: ni bien salga de la consulta, empiece a atender a su subjetividad… atienda a todo lo inasible que existe en usted… advierta sus pensamientos… atienda a sus emociones… reconozca a su intencionalidad en cualquiera de sus manifestaciones… En fin, poco a poco, vuelva a sentirse humano.*

Explicaciones adicionales: si además de haberse sentido como un conjunto de órganos, en algún momento usted fue tratado de un modo algo autoritario… sea por el médico… o por algún auxiliar… o por algún administrativo del nosocomio… luego de seguir la recomendación anterior, procure encontrarse o comunicarse con la persona que más felicidad le da…

Mientras se comunica con esa persona, vaya repasando mentalmente aquellas virtudes, cualidades o talentos, que la hacen un ser tan querible para usted… si al concluir el encuentro, nota una ligera sonrisa en su expresión facial … ese será el indicador que ya han sido equilibradas las situaciones anteriores…

Pero si además de haberse sentido como un conjunto de órganos y haber sido autoritariamente tratado, durante sus desplazamientos en el nosocomio llegaron hasta sus ojos y oídos variados lamentos… quejidos… expresiones de dolor o sufrimiento, etc…

Luego de seguir las recomendaciones anteriores, rememore 5 situaciones donde usted pudo vencer dificultades o resistencias… y recuerde con claridad la fortaleza que sintió al hacerlo…

Y con esa impresión de fortaleza y unidad, reflexione durante 10 minutos e intente "hacer suya" aquella hermosa expresión de Silo: "Serás como una fuerza de la Naturaleza cuando a su paso no encuentra resistencia".

Obrando de este modo, habrá ahuyentado a los contagiosos espíritus de la debilidad y la desesperanza… y ninguna queja o lamento encontrará un campo propicio para desarrollarse en su interioridad….

Y así, siguiendo estas simples recomendaciones incluidas en el artículo 6, usted habrá nivelado aquellas desafortunadas situaciones vividas… y recuperará su muy valioso caudal de Felicidad…

Artículo 4…

Proseguimos con la intención de transcribir algunos artículos del Código de la Felicidad… aquí va el artículo 4… que sería el penúltimo…

Art. 4: *Si usted, por imperio de las circunstancias, toma excesivas precauciones en sus desplazamientos… porque imagina peligros y todo tipo de hechos desafortunados latentes… si suele ver "gente sospechosa" por todos lados… puede compensar esta inadecuada dirección mental, del siguiente modo: recuerde 3 situaciones de su infancia o su juventud, en las que se sintió inmensamente libre… luego compare esas emociones vividas, con sus sensaciones actuales … Saque alguna conclusión… luego, intente internalizar por las mañanas el siguiente aforismo: "Voy hacia el día con fe… y libre de fantasmas".*

Explicaciones adicionales: si además de lo anterior, usted justifica de modo permanente su "paranoia", pretendiendo que se la vea como algo "lógico"… además de seguir las recomendaciones anteriores, reduzca en un 50% el encendido de su TV…

Esta simple acción, hará descender la acumulación de hechos dramáticos o desgraciados en su memoria… hechos que, aún sucediendo a miles de kilómetros de su barrio, lo impactan de modo directo… como si sucedieran a la vuelta de su casa…

Pero, si además de imaginar peligros inexistentes y justificar su "paranoia", se la pasa recomendando enfáticamente a los demás que tomen las mismas precauciones que usted…

Luego de seguir las sugerencias anteriores, procure reconocer y asumir su tendencia a "imaginar desgracias", ante su gente cercana… y sin culparse en lo más mínimo, proceda a comentarles a ellos que está intentando modificarla…

Y permítase seguir reflexionando sobre el tema… quizás sea mejor moverse atento y con libertad… aún con el riesgo de vivir alguna situación desafortunada… que someterse de por vida a los espíritus sombríos del temor… que inclinan la vida hacia el aislamiento y la falta completa de alegría…

Siguiendo estos simples procedimientos incluidos en el artículo 4, usted habrá vuelto a equilibrar su paisaje interno… y su caudal de Felicidad no se verá afectado…

Artículo 2…

Proseguimos con la intención de transcribir algunos artículos del Código de la Felicidad… aquí va el artículo 2… que sería el último…

Art. 2: *Si, por imperio de las circunstancias, su conciencia tiende a adherirse a los acontecimientos negativos… o a sus errores… si desde que usted se levanta, su sistema de imágenes tiene características algo sufrientes… puede modificar esta mecánica tendencia del siguiente modo: agradezca internamente sus virtudes… agradezca sus talentos… agréguees intención… hágalos más potentes… Ellos no son un consuelo… son su fortaleza… y la palanca necesaria para desplegarse liviano por la vida… En síntesis, haga que sus virtudes tengan más peso en su interioridad… esto ayudará a que su conciencia se vaya adhiriendo a los acontecimientos favorables de su vida.*

Explicaciones adicionales: si además del hecho que su conciencia tiende a adherirse a lo negativo… a usted también le cuesta percibir las virtudes en los demás… y habitualmente tiende a percibir los errores o defectos ajenos…

Luego de seguir la recomendación anterior, reflexione… que quizás esto sea una concomitancia de la negativa relación que tiene usted consigo mismo…

Después, haga un pequeño listado de 5 personas cercanas… y ubique cuál es la virtud más visible de cada uno de ellos… e intente de ahora en más, relacionarse con ellos con esa virtud muy presente en usted… este testeo le será de mucho aprendizaje… pero, si además de adherirse a lo negativo y no poder percibir virtudes en los demás… cuando alguien buenamente destaca una virtud de otra persona… usted siente un impulso… que lo lleva siempre a destacar un defecto de ese otro… como intentando "emparejar hacia abajo"…

Luego de seguir a conciencia las recomendaciones anteriores… procure, de ahora en más, que sus acciones en su vida de relación, tengan una pizca… una parte… un algo… o un mucho, de Bondad… aunque le sea difícil implementarlo, procure ser perseverante con esta intención…

Y así, poco a poco, redescubrirá este maravilloso sentimiento… y usted, comenzará una vida nueva…

No olvide que, llevando a cabo estos simples procedimientos incluidos en el artículo 2, usted podrá equilibrar su inadecuada tendencia… y su caudal de Felicidad no se verá reducido… mejor dicho, tenderá a acrecentarse…

RAREZAS DE LA PAMPA

El Arisco Jiménez...

Nada le desagradaba más al Arisco Jiménez que la cercanía de otra persona... era huraño como un puercoespín...

Solía andar por la zona de Dolores, en los 50 del siglo pasado... era de a caballo y se defendía como domador... también era puestero... y bastante hábil para hacer sogas...

Nadie sabía la edad que tenía, pero era un hombre grande... quizás 60... quizás 70... pero siempre tuvo esa parada de malo... de mal llevado... de pocas pulgas...

Cuando iba a la pulpería "El rebencazo" a tomarse unas cañas, nadie se le acercaba... no sea cosa que se enojara el hombre...

Pero todo cambió una tardecita... el Arisco, de pie sobre la barra, sintió un tirón en los bajos de su bombacha... se dio vuelta despacio, pensando que era algún perro... pero no... vio a una nenita... que le seguía tirando insistente...

Y el Arisco aprendió en ese momento, que a las emociones no se las elige... porque sintió una ternura... una ternura tan tierna, que sentirla lo descolocó...

Los demás parroquianos y sobre todo la madre de la niña, que era la hija del pulpero, quedaron como petrificados... por la fama del hombre... pero él les hizo un gesto con la mano... como que todo estaba bien...

El tiempo se detuvo para todos... como pasa siempre que está por suceder algo muy extraordinario...y se agachó de a poco... le acercó su oído a la niña... que era morena, con rulos y de ojos grandes.... no tendría tres años... y ella algo le balbuceó... lo invitó a seguirla... y así salieron ambos de la pulpería...

Ella lo llevó bajo la sombra de un árbol... hacia una caja de cartón... la niña metió su manito allí... y sacó un cachorrito... un poco flaco y con dudosas posibilidades de seguir viviendo... y alargando el brazo, le pasó el cachorro al Arisco… que lo tomó… y lo miró… y luego miró a la niña… y así un par de veces…

Sintiéndose muy raro, le preguntó su nombre a la niña… y ella le respondió: "Manuela"… el Arisco guardó el perrito en la caja… y empezó a asentir con la cabeza…

Invitó a la niña a subirse a sus brazos… ella aceptó feliz… y así volvieron a la pulpería… caminando hacia la madre de la niña, que los miraba sorprendida…

Y antes de llegar a destino, nuestro amigo proclamó, con una frescura que no era de él: "Ella es mi nueva amiga, Manuela… los dos vamos a cuidar de un cachorro que está algo enfermo…".

Con delicadeza, bajó a la niña… y al Arisco, le surgió una sonrisa completa… una sonrisa que le redondeó su rostro agrietado y seco… y fue como un milagro… un milagro surgido desde un alma que, hacía uno minutos, no estaba presente… y que, incluso, se podía llegar a dudar que existiera…

A los parroquianos les brotó como una emoción… y un aplauso… también sin quererlo… como impulsados por una fuerza desconocida… como en sintonía con el "milagro"… y aplaudieron largo y con alegría… si es que tal cosa es posible…

Y el pulpero, ya aliviado, invitó una vuelta de copas… extendiendo algo más la sorpresiva celebración…

El sorprendente Perdigón…

Perdigón le decían… nadie sabía el origen de su apodo y él tampoco lo aclaraba… era un compadre de Juan Moreira… y andaban por los arrabales de Buenos Aires, a mediados del siglo 19….

Perdigón era soguero y hábil para la doma… de pocas palabras y risa espaciada… Juan Moreira venía de distintos problemas en la zona y Perdigón lo acompañaba siempre… en segundo plano, pero atento siempre a lo que pasaba a su alrededor…

Los dos entraron en la pulpería "El Rezongo" … que quedaba en la zona de Flores, al norte…

Era invierno y empezaron a apurar unas cañas en vaso corto… todo iba bien hasta que un parroquiano conocido como Atilio, el paraguayo, empezó a levantar la voz… quejándose que le venían haciendo trampa con las barajas…

La cosa fue aumentando de volumen… hasta que Moreira intervino con tono fuerte y airado: "A ver si se callan estos canarios… ¡acá no se puede tomar una caña tranquilo!".

Atilio, medio tomado, se le fue acercando a Moreira … que lo vio venir… y cuando el paraguayo hizo el gesto para tomar su facón, Perdigón sacó de abajo del poncho una especie de pistolón… y sin aviso, le apuntó al pecho y disparó…

El paraguayo quedó parado en seco, con cara de último asombro… y cayó para atrás, como quien se muere…

Moreira miró el pistolón todavía humeante de Perdigón… y dijo a todos los presentes: "Se acabó el secreto, carajo… a mi amigo lo apodan Perdigón y ahora todos sabemos por qué"…

Los dos rumbearon para la puerta, acompañados por un silencio de muerte… subieron a sus caballos y se fueron al tranco…. sabiendo que se alejaban de una zona a la que no volverían en mucho tiempo…

Así, a veces, se "arreglaban" los conflictos en esos tiempos y por estos lugares… ¡qué paisajito de formación nos viene desde los rincones de la historia!

Similitudes…

Clementina Mendivielle tenía 30 años… vivía en Buenos Aires por el año 1849… de familia acomodada… su vida se mantuvo dentro de los moldes previstos para esa época…

Tuvo un noviazgo fallido… su prometido murió en una batalla en Tucumán… una de las muchas entre unitarios y federales…

Clementina quedó para "vestir santos" y marcada por la desesperanza…. destino tristón para las solteras de esa época… en que cualquier error, cualquier mínima desgracia, cualquier malentendido inclinaba la vida casi sin remedio…

Verónica Suarez tiene también 30 años… y vive en Buenos Aires en el año 2017… también de familia acomodada… es directora de cine… y a su vida la orienta la libertad…

Siente que su vida recién empieza y ya ha hecho de todo… viajar… estudiar… divertirse con amigos y algo más que amigos… tiene tantas ideas y proyectos que necesitaría más de una vida para llevarlos a cabo…

Dos mujeres de una misma edad… y viviendo en una misma ciudad… separadas por casi 170 años… una, en un mundo fijo y de pocos cambios y posibilidades…la otra, repleta de fortaleza y alternativas en un mundo en constante cambio…

Claro… la evolución en estas posibilidades vitales no se dio de golpe… fue paulatina y cada generación hizo su parte…

¡Pero son vidas tan distintas!... y esta evolución nos recuerda que la conciencia humana, busca ampliar siempre su campo de libertad… la vida actual de Verónica lo muestra…y esto alegra el corazón!

El lobizón... la bruja... y las medallas de oro...

Me encuentro de casualidad con el Vasco Izurieta... amigo e historiador... Me insiste con tomar un café... mi resistencia fue mínima... así que terminamos sentados en el bar más cercano...

El Vasco es muy memorioso... para la historia humana... pero tremendamente distraído en lo inmediato... sus amigos siempre recordamos cuando se olvidó a su hijito de 3 años... en un comercio... y que volvió a las 2 horas a buscarlo...

En fin... pedimos café y me dice: "Tengo una historia que te va a gustar... viste que acá, en Argentina, los presidentes de la nación apadrinan, desde hace tiempo, a los séptimos hijos varones... ¿sabés de donde viene esa costumbre?" –me pregunta.

Antes que pudiera pensar mucho, prosigue... "Es una costumbre que intenta compensar favorablemente un supuesto maleficio... se creía y aún se cree, en ciertas zonas, que el séptimo hijo se convertía en lobizón... en las noches de luna llena... y que la séptima hija mujer se convertía en bruja... Entonces, habitualmente, los padres tendían a matar a esos hijos... y de muy mala manera lo hacían...

Es una leyenda que proviene del campesinado europeo... y en Rusia, un Zar tomó la decisión de apadrinar a esos niños... para protegerlos y quitarles esa carga maligna... y para erradicar esa costumbre de sacrificarlos...

Aquí en Argentina a comienzos del siglo 20, una pareja de inmigrantes rusos le solicitó al presidente de esa época que lo hiciera... y éste accedió...

Y la costumbre continuó... en el primer gobierno de Perón se hizo ley nacional... y se decidió darle al niño una beca, desde la escuela primaria hasta la facultad... y regalarle una medalla de oro...

Hace pocos años se incluyó a las niñas en el beneficio... y una nota de color... después de la crisis del 2001 estaban pendientes estos beneficios para cerca de 150 niños… porque en el país no había fondos para confeccionar las medallas de oro…

Pero bueno… enseguida nos pusimos al día… ¡No vaya a ser cosa que las fuerzas cósmicas se desbalancearan!...

Y otra nota de color… el año pasado una pareja tuvo que bautizar a su hijo por el rito evangélico… porque la iglesia oficial, no aceptó como padrino al actual presidente… porque es divorciado y no está casado, por esa iglesia, con su actual pareja…

¿Qué rarezas, no?... estamos creando vida artificial y todavía siguen vigentes estas leyendas y creencias…

¡Vivimos en un mundo que incluye varios sub-mundos!" concluye el Vasco y se ríe… Toma su billetera, paga los cafés y me invita a seguirlo… dando por sentado que el diálogo-monólogo ya había concluido…

Caminamos unos metros y escuchamos una voz fuerte: "Señor, Señor… se olvidó la billetera"… y volvemos a buscarla… Aprovecho y le digo: "Vasco… en tu mundo también están incluidos varios sub-mundos…". Y lanzo una carcajada… y el Vasco se sonríe, algo resignado… con su sostenido e intransformable hábito de olvidarse cosas…

En la zona de Fair…

El Cacique Negro tenía su asentamiento en las orillas altas de una laguna… eran más de dos centenares, en cercanías de lo que hoy se conoce como la Estación Fair, a unas pocas leguas de Ayacucho…

Corría la década de 1820 y Argentina era un proyecto… apenas un proyecto… y las tratativas de paz entre los pueblos originarios y las nuevas "autoridades" iban y venían…

El Cacique Negro participó en muchos de esos acuerdos… que duraban poco… porque eran dos mundos difíciles de complementar... sobre todo porque en los dos bandos mucha gente se "salía de madre"...

Ese día el Cacique devolvió a su gente a una cautiva con nombre de leyenda... Blanca, se llamaba... que había sido robada por un malón propio en la zona de Dolores...

Y sus capitanejos más cercanos, se lo recriminaron... y esa noche, después de la comida conjunta, el líder se paró, esperó el silencio y les dijo en lengua tehuelche: "Hermanos de sangre... han pasado muchas lunas desde que estamos juntos en estas tierras... hemos sobrevivido al frío, a las lluvias, al hambre y a las peores heladas... y siempre decidí lo mejor para todos... para los varones y para nuestras mujeres y nuestros gurises...

Pero nuestras vidas ya no son las mismas... porque no estamos solos en esta pampa... y necesitamos cambiar para no morir...

Hermanos... todos hemos demostrado valor y coraje y daríamos la vida para defender a nuestra gente...

Pero si nuestra ira sigue creciendo como fiebre, vamos a morir... ellos tienen mejores armas que nosotros y más peor, sus almas están cargadas de ambición... pero con nuestras venganzas, perdemos cada vez más hermanos y nuestro futuro se hace oscuro...

Para empezar, no tomaremos más cautivos de los huincas... y los dos que aún tenemos acá, los liberaremos mañana, cuando salga el sol... les daremos un caballo sano y que vuelvan con su gente...

Esta es mi voluntad... ¡y es lo que se hará!... quiera el cielo y el agua y el espíritu de nuestros mayores, que nuestros corazones se liberen del odio...

Pediré también a esos espíritus que aclaren mi entendimiento... y que me ayuden a encontrar nuestra mejor salida... porque, si en nuestros corazones el odio se sigue haciendo fuerte... todos moriremos!".

Y el Cacique Negro, ensimismado y serio se fue a su choza... mientras la indiada empezaba a digerir sus proféticas palabras...

Minutos pampeanos…

dedicado a María Inés Etchepare…

Cuando Fermín Etchepare bajó de su caballo en la pulpería "El aguacero", curiosamente llovía… mucho llovía…

Ató su alazán y entró… dejó su apero mojado sobre un banco y pidió una caña… era el invierno de 1864, allá por la zona de Adela…

Fermín había llegado a Argentina desde Osses… un pequeño poblado de los Pirineos franceses… con sólo 17 años… en 1851…

Así que el hombre andaba por los 30… y le gustaba mucho la pampa… esas inmensidades desiertas… que siempre le despertaban imágenes de futuro…

Ya se había casado y tenía 2 hijos… se habían asentado en Chascomús… y Fermín poco a poco y con esfuerzo, se fue desarrollando en la vida campera…

Y mientras tomaba su caña y miraba llover por una ventana, empezó a recordar a sus padres… que habían quedado en su poblado natal…

Pero le duraba poco la nostalgia… cuando se embarcó en la aventura de cruzar el océano, se prometió a sí mismo poner su cabeza siempre hacia el futuro… y lo iba logrando…

Fermín le pasó al pulpero un listado largo… de productos que necesitaba… cuando estuvieron listos y dentro de dos bolsas grandes, la lluvia ya era pasado…

Saludó a los parroquianos y empezó a acomodar los bártulos en el alazán… observó a las nubes negras alejarse… y se fue despacio… al tranco… sereno y con pensamientos livianos y a largo plazo…

Se imaginó andando a caballo con sus nietos... una tarde de sol primaveral... claro… con ese horizonte infinito y lejano a la vista… ¿qué más que eternidades podía imaginar un muchacho de sólo 30 años?

Pero Fermín iba a vivir en este mundo sólo 5 años más... claro, esa inestable tarde de invierno de 1864, él no lo sabía...

Minutos pampeanos... (2)

Cuando Fermín Etchepare llegó al puesto, la noche ya era algo más que una insinuación... desensilló con la última penumbra... cargó las dos bolsas de mercadería y se encaminó hacia la casa...

Lo esperaba Reinaldo, el puestero... con el fuego listo para hacer unos churrascos...

Fermín haría noche allí... y por la mañana temprano volvería a Chascomús... tenía unas 10 leguas hasta el pueblo...

Hacía unas dos semanas que no veía a su mujer, Juana y a sus hijos... Antonio, de 5 y Francisco Felipe de 1 añito...

Chascomús era un pueblo pujante en esa época... Al año siguiente llegaría el ferrocarril... y el poblado era todo futuro... y una linda mezcla... españoles, italianos, ingleses, africanos, irlandeses, vascos, franceses, indios de distinta procedencia, etc...

Cerca del mediodía, Fermín tenía el pueblo a la vista... llegó hasta su casa y sus dos perros caseros salieron a su encuentro...

Abrió la pequeña tranquera y pasó al tranco hacia el fondo... mientras desensillaba, Juana, con Francisco en brazos, y Antonio lo recibieron felices...

Juana era 10 años menor que Fermín... estaba recién iniciando sus 20... ya en la casa, empezó a preparar el mate y se fueron poniendo al día con sus novedades...

Mientras lo hacían, Antonio le insistía a su padre para que luego lo llevara a andar a caballo... y Fermín preguntó en voz alta: "¿Será que este hombrecito se habrá portado bien... y habrá ayudado a su madre, mientras no estuve aquí?".

A lo que Antonio asintió repetidamente con la cabeza… y Juana, sonriendo cómplice también asintió…

Entonces Fermín dijo: "Muy bien, hijo… lo haremos… pero primero almorzaremos… y luego, su padre dormirá una buena siesta en su cama… que bastante la ha extrañado".

Y el pequeño Antonio salió corriendo... y saltando de felicidad… mientras una ligera brisa fresca entraba por la puerta abierta…

Y su padre sonrió satisfecho… y pensó en sus esfuerzos… y se dio cuenta que estas armonías y felicidades bien los valían…

Pero Fermín iba a vivir en este mundo sólo 5 años más… pero claro, ese fresco mediodía de invierno de 1864, él no lo sabía…

Minutos pampeanos… (3)

"Dominique… querida Dominique!"... exclamó Fermín Etchepare, desde la puerta de la casa de su hermana…

Y le salió al cruce, Francisco Horquín, su cuñado español: "Fermín… te he dicho muchas veces que ya no están en Francia... y que tu hermana, ahora se llama Dominga…".

Todos rieron… se abrazaron y fueron entrando a la casa… para compartir ese almuerzo de domingo, en el pueblo de Chascomús…

Estaban los hijos de Fermín y Juana… y también los tres de Dominique y Francisco… Graciana, de 11… Juan, de 3… y el más pequeño, Fermín… de 1 añito y medio…

Fermín, el Etchepare, era además de tío, padrino de Graciana y del pequeño Fermín…

Francisco volvió a la carga, con su humor: "¿A ti te parece, Fermín? … hoy tendría que estar descansando… y hace 3 horas que estoy en el fondo… cuidando esas carnes que no terminan más de hacerse". Y lo invitó a su cuñado a ir hacia allí… mientras Dominique y Juana terminaban de acomodar los otros pertrechos para el almuerzo… almorzaron rico… y conversaron… todo con poca formalidad… entre otras cosas, porque los niños agregaron su cuota de divertido desorden…

Francisco era albañil… y era un poco mayor que su cuñado… y ambos conversaban siempre sobre cuestiones de trabajo… y sobre la posibilidad de nuevos emprendimientos…

A esa altura, Fermín ya había logrado comprar una majada chica de buenas ovejas… a las que se dedicaba con un esmero grande… que le nacía…

Porque si el futuro se reduce sólo a una impresión humana… como un pálpito… en esos corazones fuertes, ese pálpito latía animado… y en aquella época, el futuro era un tiempo que atraía por si sólo… sin darle vueltas… sin mucho pensarlo…

Pero Fermín, con sólo 30 años, iba a vivir sólo 4 inviernos más… pero claro, ese mediodía familiar de agosto de 1864, él no lo sabía…

Minutos pampeanos… (4)

Para todos fue un acontecimiento muy extraordinario… ese 14 de diciembre de 1865 llegó el ferrocarril a Chascomús… y todos los vecinos salieron a recibirlo…

Ya no harían falta carretas para ir o volver de Buenos Aires… ahora en algo más de 3 horas, se podía viajar cómodo y seguro…

Y ese mismo tren traería los parientes, los médicos, los periódicos, etc… En fin, fue un antes y un después en la vida del pueblo…

A partir de ese día, desde Chascomús saldrían las carretas para adentrarse en el interior bonaerense… un viaje que era, como mínimo, una aventura… con postas para dormir y alimentarse… y con el riesgo aún latente de toparse con algún malón renegado…

Fermín Etchepare y Juana, su esposa y también sus hijos Antonio y Francisco Felipe, estuvieron en la fiesta de bienvenida…

Antonio, que ya tenía 6 añitos, no podía parar de mirar ese monstruo negro que había quedado estacionado en la Estación…

En unos pocos años, estos dos niños… ya algo más crecidos y por circunstancias de la vida, se internarían aún más en la vastedad de la tierra pampeana…

Primero, Antonio en Lezama… en una posta llamada "La azotea grande"… luego, ambos se afincarían más hacia el sur… en un poblado llamado Ayacucho…

Pero ahora estaban allí, en la estación de Chascomús… todos vestidos de fiesta… y Fermín miraba muy curioso la locomotora… él, como casi todos los presentes, nunca había viajado en tren… es más, nunca había visto un tren de cerca… así que el asombro era mayúsculo…

Una banda militar tocó unos acordes festivos… una autoridad, de esas que nunca faltan, se dirigió a los presentes… y luego, se permitió subir al tren a aquellos que quisieran…

Mientras iba caminando con su familia para subir al ferrocarril, Fermín fue saludando a varios conocidos… y se imaginaba esperanzado los años venideros…

Pero Fermín, que a esta altura tenía 31 años, iba a estar en este mundo sólo 4 inviernos más… pero claro, esta tarde de diciembre de 1865, ni él ni nadie lo sabían…

Minutos pampeanos… (5)

Para el año 1869, Chascomús sumaba alrededor de 10.000 habitantes… desde la llegada del tren, hacía ya 4 años, se había transformado en la ciudad más poblada de la provincia de Buenos Aires…

Contaba con alrededor de 2.000 viviendas… el 70% eran casas de paja… un 15% de madera… y otro 15% de azotea… como se les decía… Por supuesto, no tenían luz eléctrica… pero sí escuela pública y un incipiente hospital…

En ese contexto, vivían Fermín Etchepare y los suyos… que para ese año ya eran 5… se había sumado hacía 2 años un nuevo niño, llamado Fermín Esteban…

Antonio, que ya tenía 9 años, iba a la escuela desde hace 3… Francisco Felipe empezaría con sus clases el año siguiente…

Fermín padre ya arrendaba un campito, en el cuartel 1°… donde criaba principalmente ovejas…

Y todo se iba desarrollando favorablemente, se podría decir… pero el azar y la época le jugaron una mala pasada a Fermín… este muchacho que había llegado a Argentina con 17 años… en 1851…

En síntesis, nuestro amigo Fermín en septiembre de 1869 se enfermó… y se fue a los 34 años de este mundo… "murió del hígado"… así figura lacónica y misteriosamente en los papeles oficiales…

Y así fue esta historia… Juana y sus hijos de algún modo pudieron seguir sus vidas… ella tuvo un hijo "natural" unos 4 años más tarde…

Y en 1883 y con sólo 38 años se volvió a casar… con un hombre que le llevaba unos 40 añitos…

En mi caso, soy sólo uno de los centenares de descendientes de Fermín… de ese muchacho que con 17 años viajó desde Osses, en los Pirineos franceses, hasta estas tierras del fin del mundo…

Así que ¡brindo por él!… siempre me lo he imaginado algo esmirriado… de pocas palabras… y muy proclive a la acción… pero claro, son sólo conjeturas mías…

El Homo-Chapadmalense…

Miguel Irusta se fue acercando despacio a la pulpería "La atrevida"… iba montado en un zaino lustroso… y mientras se acercaba, alcanzó a mirar de costado a la estación de trenes… la Estación Chapadmalal…

Recién había comenzado el siglo 20… y a esta zona pampeana cercana al mar, muy de a poco, le iban llegando algunos adelantos…

Don Irusta entró a la pulpería… saludó a los presentes con un "Buenas…", algo formal, pero con tono alto…

Se sentó en una mesa… pidió algo fuerte y disimulando, fue mirando a la concurrencia… Le llamó la atención una mesa larga, con unos cuantos forasteros de ciudad que conversaban animados…

Reconoció en la punta de la mesa a Lorenzo Parodi… un italiano asentado en Miramar…

Irusta lo tenía mal conocido a Parodi… unos años atrás, el italiano había querido venderle una tropilla que, según sus palabras, era la mejor de la zona… pero como se diría hoy, los caballos estaban un poco "flojos de papeles", es decir, Parodi nunca pudo probar que la tropilla era suya…

Pasado un corto tiempo, Irusta se fue de la pulpería como había llegado… despacio… pero su vuelta estuvo acompañada por un atardecer grandioso… un atardecer lento, de esos que les cuesta hacerse noche…

Luego de unos meses, nuestro amigo pudo completar la escena vivida allí… se enteró que Parodi, aseguraba haber encontrado en la zona restos óseos y herramientas de un homínido…. de centenares de miles de años de antigüedad… al que se llamó, en principio, Homo-Chapadmalense…De ser cierto, ese descubrimiento cambiaba la historia evolutiva de la especie humana… pero los forasteros eran gente preparada en estos temas…

Hicieron los estudios que correspondían y llegaron a la conclusión que era todo un montaje… una farsa de Parodi para lograr notoriedad… Y por qué no, unas monedas…

Y Don Miguel Irusta, de vuelta en la pulpería, recordó la historia de la tropilla y se sonrió… y medio en voz baja, recitó estos breves e improvisados versos a sus compañeros de mesa:

"Con la tropilla engañó… y no pudo enderezarse…

con los huesos repitió… no es muy gaucho este farsante…"

Talentos empíricos…

Miguel Irusta vivía en las zonas de las canteras… era el año 1900… ahí cerca de la Estación Chapadmalal… en las afueras de lo que es hoy la ciudad de Mar del Plata…

De a poco, se había hecho una casita en una lomada… la casita era muy linda para la época…

Irusta era muy habilidoso… era un gran albañil… buen pocero… y bastante hábil para la doma… pero se lo conocía sobre todo, por ser curandero…

Cuando le preguntaban, él contaba que su abuela lo eligió entre varios hermanos… para pasarle su conocimiento…

Estaba tomando mate en la galería y vio que se iba acercando una pareja joven… ella, con un niño en brazos…

"Don Irusta… ¿tendría unos momentos para atendernos?" –dijo el joven…

"Sí.. ¿cómo no? –le respondió nuestro amigo– vayamos para adentro… que ya está algo fresco"…y una vez en la sala, Irusta preguntó: "¿Qué les anda pasando?"…

Y ellos le contaron… que era el primer niño que tenían… y que ya tiene casi un añito… pero que desde que tenía 2 meses, el niño no dormía… que habían probado con un montón de cosas, pero que no hubo modo… el niño no se dormía…

Y que por no dormir, el niño vive alterado todo el día… y que ellos están desesperados…

Irusta los fue semblanteando y notó la intensidad de su desesperación… y le preguntó el nombre del niño… Ella angustiada, dijo: "Juan se llama… como él, su padre".

Y advirtió la irritación en el niño… sus ojos saltones… sus ojeras… su flacura… y sus movimientos excesivamente inquietos…

Irusta les preguntó varias cosas más… dónde vivían… si tenían hermanos… que comían habitualmente… En fin, detalles para hacerse un cuadro de situación…

Les dijo que necesitaba quedarse a solas con el niño… que necesitaba "sentir su alma"…. y que lo esperaran en la galería…

Pasó algo más de una hora… y de repente apareció Irusta, con el niño en brazos… durmiendo profundamente…

Ellos lloraron conmocionados… y él les hizo una seña, para que se quedaran en silencio…

Y les dijo en voz muy baja: "Hay gente muy desalmada… que odia la felicidad… acabo de parar su influencia sobre el niño… así que va a dormir de ahora en más…".

Ellos no paraban de agradecerle… quisieron pagarle y él les dijo que no cobraba… que su recompensa, era la alegría que sentía al aliviar el dolor y el sufrimiento… que ya con eso, se sentía bien pago…

Y se fueron despacio… él, con el niño dormido en brazos… ella cada tanto, se daba vuelta… ponía una mano sobre el corazón y levantando su otro brazo, lo volvía a saludar a Irusta… agradecida y muy conmocionada…

EL BAR
"LAS 12 ALEGRÍAS"

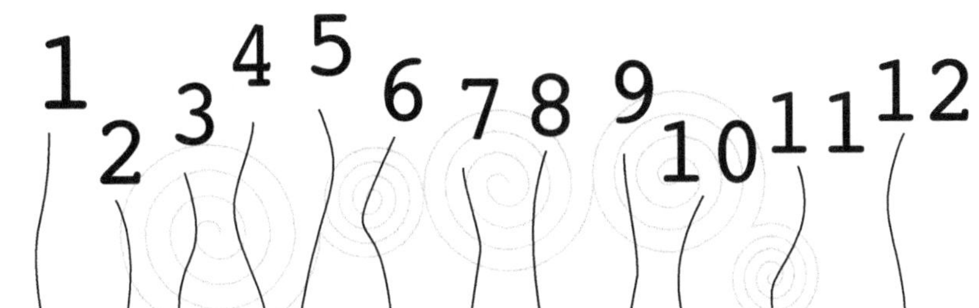

Tamas tiene poco más de 40 añitos… nació en Hungría, pero vive acá por Buenos Aires hace más de 20 inviernos…

Él fue marino mercante… un joven marinero… y haciendo puerto unos días por estos lares, conoció a una cordobesa… que estudiaba medicina… y se enamoró tanto, que luego de regresar a Europa en el barco, no se la aguantó… y se volvió para el Sur a los pocos meses…

Están juntos desde entonces… ella hace tiempo que ejerce como pediatra… él puso en marcha el bar… y lo atiende con mucho gusto… por la tarde lo ayuda Olivia, la camarera… patagónica y estudiante de Ciencias Sociales…

Cuando empieza el turno de Olivia y hay poca gente, ellos conversan de muchos temas… ella lo aprecia por su inteligencia y su sensibilidad… y también por su buen trato…

Recuerda que cuando entró a pedir trabajo al bar, le preguntó a Tamas el origen del nombre… y él le contó que, a su parecer, existen 12 tipos de alegrías… y que, en honor a ellas, le puso ese nombre al bar…

Y continuó diciendo: "… no todas las alegrías son iguales… por ejemplo, la alegría que proviene de la ternura, no es la misma que aquella que provoca un reencuentro… la alegría que se suele sentir al recibir un gesto tierno… o al ser tierno con alguien, es como dulce… suave… secreta… y a veces, tiende a transformarse en una leve conmoción".

Y Olivia lo escuchó atenta… esa vez y todas las otras veces… y jura que recuerda a "las 12 alegrías de Tamas", de corrido y sin errores…

No estaría mal conocer las otras 11… en estos tiempos tan externos y revueltos, que alguien sea tan preciso en observar las experiencias humanas, me provoca, curiosamente, una cierta alegría…

Y estoy algo expectante en saber si lo que siento, es semejante a alguna de las que detalló el amigo húngaro…

Tamas, es un húngaro de 40 y pocos... pero hace unos 20 años vive aquí en Buenos Aires... y es el dueño del bar llamado "Las 12 alegrías". Según él, existen alegrías muy diversas... y dice tener "catalogadas" 12 tipos de ellas... y de ahí proviene el nombre del establecimiento...

Y le va contando a Olivia, la camarera: "... el otro día te comentaba sobre la alegría que proviene de la ternura... que tiene como un toque infantil. En cambio, la alegría que se origina en un reencuentro querido, tiene otras características...

Son esas situaciones en que uno se reencuentra, después de algún tiempo, con algún amigo o amiga... con algún amorío... con algún familiar... En fin, cuando uno se reúne con alguien que quiere verdaderamente...

En esas circunstancias, la alegría tiende a ser algo desbordante... no suele ser suave... es una alegría que se precipita... avanza desde la emoción hacia el cuerpo... generando gestos de contacto hacia el otro...

A veces, en algunos de estos reencuentros suelen experimentarse como "oleadas de alegría"...

Y esta metáfora que se utiliza, no es casual... ¡todo lo contrario!... traduce con precisión ese movimiento emocional que te comentaba...

Cuando se desborda la alegría en los reencuentros, también suele 'desordenar' un poquito a las personas... es muy habitual en estas situaciones, que 'los reencontrados' se aceleren mentalmente... y quieran hablar de todos los temas en pocos segundos...

Sintetizando, la alegría que surge con la ternura es íntima, suave y tiene un toque infantil... en cambio, la que genera un reencuentro muy querido es desbordante hacia fuera...

Por lo menos, eso es lo que he observado en las situaciones que he vivido... y las que he visto en este bar... siempre se han repetido estos patrones...

Te cuento que para mí este lugar, es como un laboratorio... cuando puedo y con discreción, observo... y luego trato de reflexionar y avanzar con alguna conclusión". Y a Olivia, la patagónica veinteañera que lo escuchaba, le fue quedando muy claro que Tamas, el dueño del bar, era un personaje muy singular...

Tercera entrega...

"¿Podrías contarme sobre alguna otra alegría, Tamas?"... preguntó Olivia, la camarera patagónica, mientras apoyaba sus dos brazos sobre la barra...

No había mucha gente en el bar esa tarde... y Tamas se sonrío, mientras se acercaba hacia el mostrador: "Claro... también está la alegría que se siente cuando se encuentra 'la salida'... ¿Te suena, Olivia?... a veces uno está con un tema dando vueltas... en su interior... no sabiendo cómo resolverlo adecuadamente...

De repente, aunque uno esté pensando en otra cosa, aparece 'la salida'... aparece una especie de inspiración... que suele destrabar el tema, abriendo el futuro...

En algunos lugares se describe esta aparición, diciendo: 'se me acaba de prender la lamparita'... y es una metáfora certera...

Cuando esto sucede, es como si bajara una luz, desde la cabeza hacia el centro del pecho... y al llegar allí, la alegría se empieza a manifestar...

Este tipo de alegría puede tener distintas intensidades... dependiendo de la importancia del tema que se encaminó... las hay suaves, si el tema no es muy relevante... pero también las hay bastante intensas... cuando la inspiración se da sobre un tema esencial. Sintetizando, Olivia... no es la alegría íntima y conmocionante originada en la ternura... ni es desbordante, como la que se da ante un reencuentro muy querido...

La que se origina cuando se encuentra 'la salida', es una alegría con sabor a apertura... y se experimenta cuando algo luminoso llega al corazón desde la cabeza...

¡Qué de sutilezas hay en nuestro interior, Olivia!... eso nos hace una especie maravillosa... si todos nos diéramos cuenta de esto, dejaríamos atrás muchas brutalidades...

Discúlpame amiga... pero me parece que el hombre sentado cerca de la ventana, quiere la cuenta...". Y pronta, la veinteañera Olivia hacia allí se dirigió...

Cuarta entrega...

Llovía mucho en Buenos Aires... y el bar se convirtió en un refugio... que ayudaba a esperar a que la tormenta amainara...

Tamas, nuestro amigo húngaro afincado en Buenos Aires, sacaba infusiones varias desde atrás de la barra... y Olivia, las trasladaba con rapidez hacia los parroquianos... Pero luego de un rato largo, paró la lluvia... y se fue abriendo un tiempo de menor actividad...

Y Tamas la llamó a Olivia... y le dijo: "Olivia... quería comentarte que existe una alegría que nace al estar en presencia de 'la brillantez'... y es una alegría que sorprende y extasía...

La brillantez o la genialidad pueden estar en distintas manifestaciones... en una expresión artística... en una música... en un libro... en un cuadro... en una idea... o en una persona...

Y cuando uno percibe algo 'brillante', primero se siente como una sorpresa... intelectual o emocional... después uno queda como expectante… y luego, aparece nuestra querida alegría… que, en ocasiones, toma características de éxtasis emocional…

Sintetizando, Olivia… no es la alegría íntima y conmocionante originada en la ternura… ni es desbordante, como la que se da ante un reencuentro muy querido… ni tampoco tiene ese sabor de apertura, cuando uno encuentra una 'salida'…

La alegría que se genera ante la percepción de la 'brillantez', es sorpresiva y tiende al éxtasis…

Así es, amiga… ¡qué hermoso es sentir este tipo de alegría!... porque la brillantez nos pone frente a nuestros ojos a las posibilidades infinitas de nuestra especie…

Y esto es muy alentador Olivia… y empareja un poco la balanza… ante tanta violencia y descontrol de esta época".

"Bien Tamas… la brillantez y su alegría… voy a estar atenta a ellas… ¡te agradezco!" … y Olivia se dirigió hacia una mesa del fondo… que la estaban llamando…

Quinta entrega…

Era habitual que Constanza, la mujer de Tamas, visitara el bar los sábados… se quedaba unas horas… y colaboraba desde atrás de la barra…

Ella suele tener un excelente humor… y se lleva muy bien con Olivia, nuestra amiga camarera patagónica…

Y este sábado, las dos se reían de Tamas… lo cargaban porque solía ser muy lento con el lavado de tazas, vasos, etc. Pero Tamas, siempre les respondía lo mismo: "Soy lento… sí… pero en tantos años he roto sólo dos piezas… un plato… y una taza grande… además, ¿qué apuro hay?"… y se reía con su desafío. Mientras terminaba con las últimas tazas, le comentó a Olivia: "También existe una alegría bastante singular… y que tendemos a no darle mucha importancia…

Es la alegría que proviene de nuestros mejores recuerdos… allí, en nuestra memoria, tenemos guardadas las situaciones más dichosas que hemos vivido… las más expansivas, las más emocionantes…

Son como tesoros… ¡resplandecientes!… y cuando los evocamos, cuando los traemos al presente, nos dibujan una sonrisa duradera…

Ya no es la alegría íntima y conmocionante originada en la ternura… ni es desbordante, como la que se da ante un reencuentro muy querido… ni tampoco tiene ese sabor de apertura, cuando se encuentra una 'salida'… ni es la que tiende al éxtasis, cuando se está en presencia de algo 'brillante'…

La alegría que proviene de algunos recuerdos es reconfortante y suave… es como nuestro arsenal de Unidad…

Ambas chicas, se emocionaron un poco…

Constanza, caminó despacio hasta Tamas… y lo abrazó fuerte… mientras le decía: "¡Qué bueno es estar juntos… jamás me cansaré de agradecerlo!".

Sexta entrega…

Todos los eneros nuestro bar cerraba por vacaciones… Olivia volvía a la Patagonia… y Tamas junto a Constanza, algún viajecito siempre hacían…

Ya finalizaba diciembre y Tamas le iba transmitiendo a Olivia sus impresiones sobre otra alegría…

"Amiga… también existe una alegría muy extraordinaria… que se presenta muy ocasionalmente… Silo, que sabes que es mi Maestro, la describe de este modo: 'A veces una alegría inmensa me ha sobrecogido'.

En mi experiencia, es una alegría muy singular… como si llegara desde otro espacio… viniendo a dar testimonio de la existencia de aquello que está más allá de la razón…

Es una alegría con un origen trascendental, se podría decir… por algo Silo la llama 'inmensa'… y cuando dice 'me ha sobrecogido', describe la conmoción que suele generar cuando irrumpe…

Bueno Olivia… ya hemos conversado un poco sobre 6 de las 12 alegrías… quizás a la vuelta de las vacaciones, completemos las que faltan…

Nos quedaría la alegría del agradecimiento… y la que surge luego de alguna reconciliación… también la que se siente al terminar la reparación de algún error… y unas 3 más… que te las dejo así en blanco, con algo de misterio…" y Tamas se río… y Olivia se sonrió con complicidad…

Ella le dijo: "Gracias Tamas… me han gustado mucho estas conversaciones… breves, pero me dejaron pensando siempre… no es tan habitual conversar sobre estos temas… pero como vos decís, son los temas que nos hacen humanos".

La dinámica del bar siguió su curso… los parroquianos disfrutando de sus infusiones y sus compañías comestibles… y estos otros temas que quedaron flotando 'en el aire'.

Temas a los que Tamas, con sorna, titulaba 'Las alegrías…breves descripciones fenomenológicas mientras sale un café'.

PEQUEÑAS SERIES

No sé si ya lo viví… o si pronto lo viviré… El puma…

El punto es que el recuerdo o la premonición, tienen ese sabor de cercanía en el tiempo… y no alcanzo a distinguir si es algo que voy a vivir… o si es algo que he soñado hace poco… que es medio como haberlo vivido…

Estuve o estaré en la orilla de un río… no muy ancho… y de repente desde una lomada no muy alta, veo que va bajando un puma… hacia la orilla de enfrente…

Me quedo absorto… casi petrificado… el puma me mira y sin detenerse va hacia el río… y empieza a tomar agua… sin quitarme su mirada de encima…

Es la primera vez que estoy con un puma cara a cara… y es extraño… por un lado siento un temor generalizado… por otro lado, algo en mí sabe que los pumas no atacan a humanos… si es que no tienen mucho apetito… digamos…

También algo en mí sabe que los pumas pueden nadar… y que el río es angosto… pero también que a mi alrededor está lleno de piedras…. que podría usar para defenderme…

Pero mientras todas estas alternativas pasan por mi mente, el puma sigue tomando agua… y no me quita los ojos de encima…

Y por mi lado tampoco puedo dejar de mirarlo… y no sé por qué, de golpe me tranquilizo… y el tiempo se hace lento…

Todo se vuelve muy intenso… y aprecio su belleza y su extraordinaria proporción… y esa cabeza tan formidable…

Y luego de una última semblanteada, el puma se da vuelta…. y en tres saltos ya está arriba de la lomada… y se va…

Cuando dejo de verlo, noto que mi garganta está reseca… quizás por el peligro vivido… y me inclino hacia la orilla… y empiezo a tomar agua como un condenado…

Reitero… no sé si ya lo viví… o si pronto lo viviré…

No sé si ya lo viví… o si pronto lo viviré… Purezas…

Fue una pregunta que me hicieron o me harán… sólo una pregunta… e intenté o intentaré responderla del mejor modo…

El punto es que no puedo distinguir si es algo que ya viví… o que estoy próximo a hacerlo… porque a veces me parece que puedo recordar esa situación…

Un amigo me hace la pregunta… y lo atiendo, tratando de escuchar sin interferencias…

Desde que la pregunta de él resuena en mí…. puedo sostenerme entre lo preguntado y las posibilidades de respuesta que encuentro entre mi memoria y mi conciencia…

No interviene nada más… no hay tensión por responder nada deslumbrante… ni ningún intento por quedar bien… ni la pretensión de hacer simpática mi respuesta…

Solo está la pregunta y la posible respuesta... en un microsegundo solamente aparece un cierto regodeo en mi imagen de mí… por haber encontrado un sustantivo y un adjetivo que quedan perfectos…

Pero espanto el regodeo como si fuera una mosca molesta… y sigo mis relaciones razonables… y le respondo al amigo… una respuesta como desnuda de mi Yo…

Y todo queda ahí… maravillosamente… una pregunta de alguien a otra persona… y una respuesta… sin aditivos… sin agregados desvirtuantes… sin vestuarios innecesarios…

Y lo viví o lo viviré… como un haz de luz que pasa entre una maraña de hojas… como una gota de agua que, al fin, logra filtrarse entre unos escombros…

Reitero… no sé si ya lo viví… o si pronto lo viviré…

No sé si ya lo viví… o si pronto lo viviré… Luces…

No recuerdo si de chico tuve un prisma… no lo podría asegurar… o si pronto algún amigo me regalará uno… pero sí puedo recordar o imaginar la experiencia que tuve o tendré…

Estoy con mi nuevo juguete… un prisma de cristal… en una sala… esperando que el sol se filtre entre las nubes…

Y pongo al prisma sobre una mesa de madera antigua… calculo el ángulo del sol… que se encuentra momentáneamente tapado…

Estoy expectante por ver la magia… que se demora un poco… miro las nubes moviéndose y agudizo mi atención… porque se viene el fenómeno…

Y llega la luz… mucha luz… en toda la sala… pero donde se encuentra el prisma sucede lo que sabía… pero que jamás había vivido…

Esa luz blanca con un toque de amarillo, se transforma… en una paleta de colores vivos y prolijamente ubicados…

Doy vueltas alrededor de la mesa… como hipnotizado y tratando de captarlo todo… y veo ese arco iris que se sostiene… y algo en mí se exalta… se entusiasma… y se deleita…

Y eso fue o será todo… un prisma… la luz solar… un arco iris… y un niño o un muchacho grande sintiendo también lucecitas… bastante intensas en su emoción…

Reitero…no sé si ya lo viví…o si pronto lo viviré…

No sé si ya lo viví…o si pronto lo viviré… advirtiendo el desvío…

No recuerdo si ya lo hice... es posible que sí… aunque tengo la impresión que pronto lo haré… otra vez o por primera vez…

Sé que una amiga necesita ayuda… y se me ocurre una manera de ayudarla… y me dispongo a hacerlo…

Necesito trasladarme para verla… y desde que decidí ir a su encuentro sostengo esa intención… ayudarla… del modo en que se me ha ocurrido. Voy andando y mientras lo hago, de a ratos recuerdo el propósito de mi desplazamiento… ayudarla… y noto que se me quieren pegar algunos otros intereses…

Que me voy a sentir bien… que ella me va a agradecer… que no sé si mi ayuda será la correcta… y algunas otras tonterías…

Estas tonterías hacen que esa intención inicial que iba desde mí hacia ella, se vaya curvando… y si la dejo desarrollar, que concluya la curva y que termine en mí… desvirtuando el propósito inicial…

Pero logro espantar esas tonterías… y fue o será como si chocaran con un campo magnético que las disuelve…

Llego y la ayudo con aquello que me imaginé… y eso fue o será todo…

Es sostener la intención hacia el otro… como una rueda que empieza a ponerse en marcha… como un fuego que ya prendió…

Reitero… no sé si ya lo viví… o si pronto lo viviré…

Accidentes que fortalecen… Una tormenta y un golpe…

"Me tuvieron que dar tres puntos… aquí en la mejilla… ¡Mirá… todavía se notan!"… me cuenta Gerardo, un amigo de años…

Y sigue… "Pero fue uno de esos accidentes que te fortalecen… porque también hay otros que te debilitan… los primeros son como aprendizajes… y uno los cuenta como si hubieran sido una aventura… En cambio, los que debilitan uno tiende a esconderlos… por vergüenza o por no querer recordar aquel registro de temor o de debilidad"…

Gerardo es de ese tipo de personas que en una conversación largan un título prometedor... y después arrancan con las conclusiones... pero en el medio queda un vacío algo desesperante para el oyente... falta el relato de la anécdota...

Así que le pido que complete el relato... y me cuenta: "Tendría ocho o nueve años... veníamos con unos primos a máxima velocidad... montando unos petisos... que son unos caballitos chiquitos... el mío era tordillo... e iba primero porque era el más veloz...

Estábamos en un campo... y veníamos tratando de ganarle a una gran tormenta... y a una lluvia que literalmente, nos pisaba los talones...

Y de repente, a unos 20 metros a la derecha cayó un rayo... que partió al medio a un árbol... y el estruendo hizo que mi petiso se asustara e hiciera un movimiento fuerte e inesperado hacia la derecha...

Y yo... por ley física, salí volando hacia la izquierda... y mi cabeza rebotó contra un eucalipto inmenso... y quedé en el piso... algo boleado... y me fui mojando... porque mi accidente hizo que claramente la tormenta nos derrotara...

Y ví que tenía sangre en toda la cara... y le pregunté al Indio, un peón que venía con nosotros, cuán grande era el tajo... él, algo cruel, me hizo una seña con su mano que indicaba que eran más de 10 centímetros... exageraba, claro...

Pero fue un accidente que me fortaleció... uno termina de entender que hay objetos más sólidos que el propio cuerpo... que ver un poco de sangre no es gran cosa... que uno no cometió ningún error relevante...

Cuando tengas tiempo te voy a contar otros accidentes... de los otros también... de los que debilitan"...

Accidentes que fortalecen… Una columna y un vecino…

Estoy compartiendo un café con Gerardo… y me cuenta otro relato de los que él llama: "accidentes que fortalecen"…

"Mirá Jano… yo tendría 11 o 12 años… estaba en el colegio… a la tarde… que hacíamos entrenamiento de rugby…

Uno del equipo rival empezó a correr muy rápido… por una punta… y pensé que lo podía alcanzar… y fui corriendo en diagonal… y casi lo alcanzo… pero en un momento, a mi máxima velocidad… me estampé contra una columna… de frente!

Varias cosas influyeron para el estampe… venía muy rápido… el piso era de baldosa…y yo calzaba zapatillas con poco agarre… En esa época había de un solo tipo… no era como ahora… que hay zapatillas específicas para cada superficie…

No pude frenar… venía en diagonal como una exhalación… y reboté contra la columna… como en esos dibujitos animados que ahora no recuerdo el nombre…

Quedé en el piso… sin poder respirar… porque choqué con el pecho… entre otros lugares de mi cuerpo…

Al rato largo, algo de aire me entró… y despacito me puse de pie… y sentí un ruido en una rodilla… y un dolor importante…

Me fui despacito en colectivo (¿?) a mi casa… unos 40 minutos… me senté y me empecé a enfriar… y el dolor se hizo intolerable…

Pero con mucho esfuerzo pude bajar del bus… e iba pegando saltitos en una pierna… tratando de avanzar hacia mi casa… que quedaba a una cuadra y media…

Hasta que me vio un vecino… se acercó y me hizo pasar un brazo sobre su hombro… y me ayudó a llegar a casa… luego clínica… radiografía… fractura de rótula… 45 días de yeso…

Pero fue un accidente que me fortaleció… seguí aprendiendo que hay materiales más sólidos que el cuerpo humano… y que correr hacia ellos aumenta la violencia de un posible impacto… también que la mayoría de los huesos se puede soldar si se fracturan… que siempre hay que atender al contexto en el que uno está incluido…

Y sobre todo… me di cuenta de la importancia de los buenos vecinos… son como una red invisible… que en algunas emergencias se activan y ayudan al complicado…

Como miembros solidarios de una misma tribu… como amigos surgidos a partir de algún infortunio… como gente que, de pronto, te reconoce y te trata como alguien cercano…

Nunca olvidaré a mi buen vecino… de quien, por supuesto, jamás supe el nombre"…

Accidentes que fortalecen… Unos frenos que no frenan…

Estamos solos, en un café que está casi por cerrar… y Gerardo me cuenta: "Tendría unos 6 o 7 añitos… íbamos en una camioneta Studebaker, en dirección al campo de mí tío… de noche… camino de tierra…

Mi tío tenía una Dodge…. que se había roto y el mecánico le había prestado esa Studebaker…

Íbamos además de mi tío, 4 chicos… 3 primos y Gerardito del lado de la puerta…

A unos 50 metros de la entrada del campo, él intenta frenar… pero no hay caso… la camioneta se había quedado sin frenos…

Y tomó una temeraria decisión… pegar el volantazo a la velocidad que veníamos… y logró pegar la curva necesaria para la entrada…

Pero con el volantazo hacia la izquierda, todos los chicos fuimos de golpe hacia la derecha… y con la presión, la puerta se abrió… y Gerardito salió despedido hacia la tierra… en esa época no existían los cinturones de seguridad…

Fue todo tan rápido… como suelen ser los accidentes… era una noche muy oscura… y dando vueltas por la ruta, alcancé a ver que la camioneta había logrado entrar por el guarda-ganado…

Enseguida escuché a mi tío y a mis primos: ';Estás bien, Gerardito?… ¿estás bien?'… Y sí!... estaba bien… solo lleno de tierra y con un dolor no muy fuerte en uno de mis hombros…

Todos me dieron ánimo… y cuando estábamos por entrar a la casa, mi tío me dice que no le digamos nada a mi tía… para que no se asuste… asentí y cumplí ese pacto de caballeros…

Pero fue un accidente que me fortaleció, Jano… no me hice casi nada… lo que me mostró que no era tan débil… me di cuenta cuánto me apreciaban… mi tío y mis primos… y me permitió hacerle una broma a mi tío todo un verano…

Cuando subía a la camioneta, le preguntaba con sorna… "Tío… ¿andan los frenos, no? Y él soltaba una carcajada que, para mí, era muy reconfortante…

Muy reconfortante... como un café bien caliente en una noche bajo cero… como recostarse después de un gran esfuerzo… como tener una conversación lúcida con amigos... lúcida, pero repleta de carcajadas"…

Accidentes que fortalecen… El azar…

Me vuelvo a encontrar con el amigo Gerardo… y me redondea el tema de los accidentes…

"Jano… estos accidentes que te comenté son algunos de los que viví… también tuve otros más psicológicos, te diría… algún día te los voy a relatar…

Pero medio inventé esto de los accidentes que fortalecen, porque es un punto de vista que en general, no se tiene…

Y no se aprecia el aprendizaje que dejan estas situaciones… a veces, nos quedamos en la anécdota o en lo negativo del hecho… y no vislumbramos los cambios favorables que se producen a partir de ellos…

Caemos a este mundo con poca preparación… con personas que nos protegen y nos van guiando para que evitemos los problemas… A veces nos enseñan… a veces hacen lo que pueden…

Pero hay algo mayor que nos impulsa a vivir… a levantarnos todos los días… sin saber muy bien qué nos espera por delante…

Y así, vamos sorteando accidentes y en ocasiones, viviéndolos… por eso es importante ir atentos por la vida… porque muchos son repentinos… y en la mayoría de los casos, nos agarran desprevenidos… o suceden porque estamos desprevenidos jajaja…

Porque vivimos entre una multitud de objetos peligrosos…y entre una multitud de intenciones de otras personas… y también está el azar… el bendito azar…

El azar es otro factor menospreciado… muy menospreciado… Cuántas veces por necesitar un responsable de lo que nos pasó, le echamos la responsabilidad a cualquier cosa…

Y fue solo el bendito azar… una probabilidad sin intención… Existen enfermedades azarosas… accidentes azarosos… encuentros azarosos …en fin, Jano… es un tema que da para otro café, ¿no?".

Y me deja pensando el amigo… en que el racionalismo necesita, obviamente, una razón para todo… y cuando no la encuentra, aparece una situación y una palabra muy linda… aparece el misterio…

Accidentes que debilitan… El mar y la vergüenza…

Gerardo cumplió… y me cuenta uno de los que él llama: "accidentes que debilitan"…

Y arranca: "Tenía unos 14 años… estaba en la playa… en Mar del Plata… con varios amigos y amigas…un par de amigos me invitan a meternos en el mar… lo hacemos… y ellos, que eran surfers, nadaban muy bien… y yo, no tanto… En un momento, uno de ellos me entusiasmó con pasar una rompiente de olas… que había una corriente después, pero que la pasaríamos sin problemas…

Dudé… pero imaginar cómo iba a quedar si me negaba, pudo más… y los seguí… superé la rompiente sin problemas… pero cuando entré en la corriente, comenzaron las dificultades…

La corriente era muy fuerte... y me fue llevando… rápido y lejos… y empecé a ver a mis amigos a cada vez más distancia…

La tensión y el miedo no son buenos compañeros en el mar… y comenzaron los líos... hasta para flotar…y los segundos se hicieron intensos… y empecé a sentir que podía no contarla… y estando en ese trance, sentí que alguien me agarró del cuello… y me dice que me estire… y que solo trate de flotar…

Era uno de mis amigos… y así me fue llevando hasta que hicimos pie… aún recuerdo la frase de mi amigo: '¡Qué cagazo, la puta madre!'…

Nos reencontramos con los otros amigos y amigas… y yo alucinaba reproches y cargadas… sobre todo de mis amigas… que eran una mirada importantísima a esas edades"…

Gerardo concluye: "La decisión de seguir a mis amigos hacia después de la rompiente… este fue el punto… la tomé por temor… por imaginar que, si me negaba, iba a ser reprobado después… y eso me dejó una sensación de traición… de traición a mí mismo…

Y esa traición me debilitó… eso sentí… me debilitó… y me costó recomponerme después… recomponerme por dentro…

Si tenemos tiempo, otro día te voy a contar otros accidentes… de aquellos que fortalecen… y de los que debilitan… como pasó con éste, claro"…

Felipe… un filósofo que gusta de una cierta estética…

Me encuentro con Felipe… que es filósofo… siendo más exacto, es licenciado en Filosofía… lo conozco desde hace muchos años… lo veo venir y ya me divierto…

Porque Felipe no es un filósofo típico… él es como un "bon vivant"… y cuenta con una gran agudeza en la observación…

En el bolsillo de su camisa planchadita, trae un resaltador flúo… amarillo… nota que miro el detalle y me dice… "es para cortar la monotonía del beige"… ¡un grande!

El hombre tiene sus autores preferidos… Platón… Buber… Husserl… y Nietzsche… también admira a Silo… y se jacta de haber leído sus Obras completas…

Pedimos cafés…y Felipe arranca: "La semana pasada di unas conferencias en la Universidad… con bastantes alumnos… y me llamó la atención una confusión… que no es nueva… pero que, quizás, en estos últimos tiempos se haya acrecentado…

Voy al punto… mucha gente confunde a lo que podríamos llamar, "la experiencia del pensamiento", con el saber teórico… o con la acumulación de datos en la memoria…

¿Me seguís, Jano?"… "Sí, claro", le contesto… Y prosigue… "La dirección hacia la experiencia del pensamiento es, yo diría, un arte… donde existen búsquedas… errores… comprensiones… revelaciones… y cada una de estas experiencias tiene un registro muy singular, diría Silo ¿no?...

Al pensamiento se lo experimenta… como también a las emociones… o a las sensaciones del cuerpo… o al sexo"… y me guiña un ojo, cómplice…

"Porque un ser humano es una estructura… y cuando cualquier zona de registro tiene una experiencia benéfica, esta se expande y ayuda a todo el resto…

Me parece, Jano, que en esta época la experiencia del pensamiento está devaluada… aún los buscadores de verdades valoran una hermosa emoción, mucho más que un hermoso pensamiento… más que a una preciosa nueva relación entre ideas…

Y ni hablar de aquellos que valoran una difusa y lindita sensación más que una "caída en cuenta"… y esa sensación, quizás proviene de un helado de crema que acaban de tomar…

En fin, cuando Silo dijo: "Eleva el deseo" supongo que no ponía un límite en esa elevación… ¿no, Jano?".

Lo miré sonriente… y la charla siguió… ya volveremos a ella… es que Felipe lo amerita…

Segunda parte…

Seguimos con Felipe… el filósofo estético… que afirma que la "experiencia del pensamiento" está bastante devaluada… respecto a la experiencia emocional… y a la sensorial…

Y el hombre sigue con su exposición: "Jano… todos sabemos que estamos en una época externa… del alma desilusionada, como diría Ortega… y también muy pragmática…pero me sigue llamando la atención cómo la época se mete adentro de las personas… cómo influencia sus gustos, tendencias y aspiraciones…

Mirá… he conocido tanta gente… la mayoría viene con talentos destacados… pero a mitad de camino muchos los pierden… y es como si se fueran apagando… como si les ganara la mediocridad general…

Muchos son jóvenes... que les toca crecer en este mundo tan desagradable… y humanamente tan hostil… y necesitan de toda su inteligencia y su fuerza para sostener una actitud entusiasta ante la vida"…

"Sí –le respondo– recuerdo a Silo, cuando describía a esta época como "cruel y estúpida"… Y Felipe asiente con aire de preocupación…

"Pero bueno –prosigo– en el medio de esta confusión, están naciendo agrupaciones y sensibilidades novedosas… que advierten la trampa de la sociedad… y no quieren caer en la neurosis y la desesperación materialista"…

"Están como Ulises, atados al mástil… eso deben hacer"… dice Felipe y un aire a buen futuro se posó sobre la mesa de café…

Y sigue… "el otro día leí una frase genial de Ortega…que a vos te gusta tanto… 'El poeta empieza donde el hombre acaba'…¿Qué habrá querido decir el spanish?"…

Y me mira fijo… como exigiéndome una respuesta… mientras le hace al mozo un ademán oportuno y armónico…

Ademán que sólo puede hacer un tipo como Felipe… con siglos de bar… y sabiendo que la conversa por venir, se merece una nueva vuelta de café…

Tercera parte…

Felipe, el filósofo estético, me había clavado los ojos mientras me requería una opinión sobre la frase: "El poeta empieza donde el hombre acaba", de Ortega y Gasset…

Y se la di… le dije: "Sí…es una frase genial…es del texto 'La deshumanización del arte'… de 1927… unos 90 años atrás…

Quizás Ortega se refería a que la gran poesía… la Poesía con mayúsculas no surge de los laberintos del Yo del poeta…

No surge de los vaivenes de su biografía… ni de sus amores perdidos o añorados… quizás esa Poesía surja de otros planos de la existencia… de los planos míticos… de los espacios sagrados…

Por algo esos relatos míticos sobreviven al paso del tiempo… porque quizás sean prueba de otras realidades… con otras lógicas y otros tiempos… que muestran que algo más hay… no son la Nada…".

Y Felipe me escuchaba atento… algo raro en un filósofo… mientras apuraba un sorbo de agua mineral… siempre en botella de vidrio… si no es en este tipo de botella, no la toma… Dice, que el plástico no es de su gusto estético… en fin…

"Esa es mi opinión, amigo… entiendo que existe una Poesía que surge más allá del Yo del hombre que la crea…".

Felipe con algo de sorna, me dice: "Jano… siempre tan metafísico vos"… y duplicando la sorna, le respondo: "Amigo… voy a cambiar un poco lo dicho por Ortega… adaptado a nuestra situación… quedaría algo así: 'El metafísico empieza donde el filósofo racional acaba'…".

Los dos nos reímos bastante… como buenos amigos que somos… y como buscadores persistentes de la experiencia del pensamiento…

Cuarta parte…

El filósofo estético, Felipe, va terminando de reírse con mi respuesta… sobre que "el metafísico empieza cuando el filósofo racional acaba…".

Y con una media sonrisa inercial, abre otro temita para conversar… "Jano… otro tema que observo, es la liviandad para sacar conclusiones generales… en cualquier ámbito…

Sabés que existe un criterio en Lógica que dice algo así: 'En base a un fenómeno particular, no se deben sacar conclusiones generales'…

En un ejemplo algo burdo… si mi joven vecino es adicto a las drogas, no es correcto inferir que todos los jóvenes lo son… hay otros miles de ejemplos de estas inferencias equivocadas…

Veo, en mucha gente, una tendencia creciente a generalizar sin pensar mucho… más bien pensando poco, diría…

Y así se empiezan a hacer afirmaciones muy erradas… muchos periodistas caen en esa estrechez de análisis… y generan una gran confusión…

Por ejemplo… califican a una persona por un solo hecho en su vida… aislando a ese hecho, de la vida completa de la persona… falta de visión de proceso, diría Silo, ¿no?"… y me guiña un ojo, buscando mi complicidad….

"Esta liviandad para opinar la incluyo en la 'desvalorización de la experiencia del pensamiento' … porque antes de vertir una opinión, existe una actividad del pensar… aunque sea, mínima!…".

Asiento con la cabeza y pido la cuenta… es hora de marchar… y Felipe está de acuerdo en hacerlo… él sabe que los diálogos cuentan con un ciclo… hay momentos del diálogo donde los pensamientos son armónicos y hasta sublimes… y a veces, bellos… pero que, si uno no sabe retirarse a tiempo, la conversación puede tornarse gris… o forzada… o mediocre… o todo a la vez…

Está de acuerdo en la retirada… porque Felipe tiende a la armonía en todo lo que hace… inclusive cuando expresa su pensamiento… suele hacerlo en "tiempo y forma"… como acorde a su estética general…

MOMENTOS SUBLIMES

Una amiga…

Mi amiga estaba en un recreo de su trabajo… un sol tibio entraba por la ventana de su cocina…

Era de mañana y estaba de pie… sus pensamientos eran cotidianos… y de repente… algo pasó…algo sublime pasó…

Entrecerró los ojos… y un aire benéfico… muy benéfico le llegó desde adentro…

Una sensación suave… luminosa… y agradable… tan agradable que la dejó extasiada…

No era una alegría… ni una distensión… Era algo, por así decirlo, como venido de otro mundo…

Esta sensación, en cámara lenta, le fue cubriendo toda su interioridad…y se preguntó: "¿Qué es esto?…". Y enseguida se dio cuenta que no era tiempo aún para intentar comprender…

Prendió un cigarrillo… y se le dio por agradecer…y ahí terminó todo… o casi todo… porque la amiga, todavía no sabe muy bien lo que le pasó…

Perla y la razón…

Perla es realmente una perla… entre otras virtudes, mi amiga siempre tuvo una gran cualidad… moverse en el mundo con verdad interna…

Viene contando con esa virtud en estas épocas… donde abundan los saltimbanquis del pensamiento… y donde las ideas parecen no tener más profundidad que la boca del que las profiere…

Perla tiene una "gran cabeza" y es apasionante discutir con ella… porque sus razonamientos están anclados en todo su ser… en sus emociones… en su piel… en sus entrañas… así que no es nada fácil ganarle una pulseada…

Es tan contundente razonando, que es algo escéptica sobre los fenómenos supramundanos… por llamarlos de algún modo…

Pero un día estaba paveando, según me contó… regando unas plantitas en su pequeño balcón… y de repente, empezó a pensar de otro modo… según me contó…

Fue sintiendo que su cabeza se ampliaba y que cualquier cosa que observaba podía comprenderla en profundidad… con una profundidad nueva y desconocida… según me contó…

Y que intuyó que, en el aparente caos de los acontecimientos, había como un Plan mayor… según me contó…

Y eso fue todo… lo que le pasó… y lo que me contó… Después de despedirla con alegría, me fui pensando… que, a su conocido escepticismo, no le iba a quedar otra que retroceder unos cuantos pasos…

Octavio y su búsqueda…

Cuando Octavio se sentó a mirar el atardecer, traía consigo un largo proceso de búsqueda…

Hacía tiempo que deseaba desentrañar un par de misterios… el principal era poder aclararse sobre para qué estaba viviendo en este mundo… era el interrogante que él sentía como el más apremiante…

Necesitaba una respuesta… y mientras miraba como las nubes iban transformándose de color en color… y como las sombras avanzaban sobre las montañas… lo que esperaba llegó…

Y llegó en un proceso… como su búsqueda… primero sintió como si se serenara… hasta que quedó increíblemente quieto por dentro… luego sus percepciones se hicieron lentas… muy lentas…

Mientras disfrutaba de esta maravillosa manera de estar, sintió como una corriente suave pero nítida, que le subía por su columna…

Y cuando la corriente llegó a su cabeza… sintió como una explosión benéfica… como una ampliación inexorable…

Luego escuchó solo una palabra… pero no era una palabra más… Escuchó la palabra que necesitaba… y como un sonido armónico, se le fue expandiendo en toda su interioridad…

Mientras caía la noche, Octavio solo atinó a sonreír… sintiéndose feliz… muy feliz…

¡Ah, casi me olvido!... la palabra que le llegó fue: Bondad…

El mar… unos delirios… y una piel de pantera….

La noche era quieta y veraniega… una suave brisa se empeñaba en venir desde la orilla… y traía ese inconfundible gusto a mar…

No sé muy bien porque él estaba allí… de frente a un mar calmo… pero allí estaba…

Sus pensamientos eran serenos… con un toque melancólico… y la contemplación lo invitaba a reflexionar…

Hasta que, de golpe, llegó Daniel, su amigo… y en un tono y un volumen varias notas arriba de la media, exclamó… sentenció… poetizó… vislumbró… quizás hasta profetizó…

Luego de mirar hacia adelante… de pie en la baranda ancha… y exaltado, le dijo al mar:

¡¡Oh… Inmenso mar… dotado de delirios…
piel de pantera… horadada por mil soles!! [1]

Y Nacho, sentado en la baranda, de golpe lo vio… vio el frenesí de la imaginación desbordada… y a ese mar nocturno como una inmensa piel negra de pantera… y adivinó a mil soles posando sus

[1] Gracias Daniel Z. Fragmento de *El cementerio marino*, Paul Valery (1871-1945).

rayos en ella… y este nuevo mar se le hizo eterno y legendario…

Nacho sintió por dentro una conmoción… un subidón contundente y repentino… y luego de escuchar su corto rapto y de ver ese otro mar, lo miró a Daniel…

Y Daniel solo se reía… se reía satisfecho… satisfecho por haber hecho algo breve… sublime… y perfecto…

Una gran posibilidad….

Ella se está yendo… y va sintiendo distintas emociones… pero su principal impresión es que se está yendo… alejándose de aquella ciudad donde vivió tantos años…

Ya dejó atrás su infantil desencuentro… y se siente impulsada por la atracción de lo nuevo… aunque sabe que lo nuevo, no es tan nuevo…

Su rumor interno la acompaña… como siempre la acompañó… y como supone que siempre la acompañará…

Es más feliz que hace unos años… pero no tanto como quisiera… sabe que necesita pulirse, como una perla… y en eso está…

Se está yendo a una ciudad más hostil… pero confía en encontrar sus rincones de deleite…

Ana, se llama… y podría decirse que es amistosa… terca y suele tener, para su beneficio, unos arranques contagiosos de alegría…

También podría decirse que Ana es una gran posibilidad… para ella y para el mundo que la rodea… posee una cualidad poco común… su corazón está ligado, casi sin contradicciones, a su cabeza… lo que la hace alguien rara… rara en el mejor sentido…

Ella suele pensar e imaginar con sensibilidad afectiva… y además, sus sentimientos se le suelen encaminar hacia ideas e imágenes claras… no es poca cosa, para esta época con tan poca armonía…

Ana se está yendo… y pronto estará llegando a su nuevo lugar…

Quisiera pedir a todas las fuerzas del Universo por ella… quisiera pedir a los mejores guías por ella… quisiera que estas fuerzas y estos guías la protejan…

La protejan de la incoherencia… y de todas las violencias… quisiera pedir para que sus confusiones sean leves como una brisa… y para que su entusiasmo sea fuerte como un torrente…

Quisiera pedirles a esas fuerzas y a esos guías que cuiden de Ana… porque ella, sobre todo, es una gran posibilidad…

El mejor encuentro…

Acabo de recibir un mail de Gaspar… con maravillosas novedades… hacía algún tiempo que no tenía noticias de él…

Gaspar se encontró a sí mismo… quizás esto sólo lo entiendan aquellos que pasaron por allí… por eso de sentirse incompletos… de no saber quiénes eran y para qué estaban vivitos en este lejano planeta azul…

Y cuando sucedió, cuando se encontró a sí mismo, su interior se unió… y se fortaleció…. y su horizonte mental se amplió… mucho se amplió…

Y floreció su talento… o sus talentos… su creatividad… su capacidad amistosa… su tenacidad…

Y Gaspar sabe qué no es el ombligo del Universo… sabe que sólo es una gran posibilidad… viviendo en un momento histórico complejo… pero que, mirado en proceso, evoluciona… avanza y evoluciona…también sabe que el tiempo en este espacio no es infinito… e intuye que algo de él, no él, podrá seguir en otras latitudes…

Gaspar está contento… se despierta contento, vive contento y duerme contento… no es que él no tenga dificultades o temas a resolver… no… es que su sentir las pondera bien… no las agranda ni las subestima…

¿Qué hará Gaspar con su vida?... es un lindo misterio… pero su vida promete… promete elevarse… promete despertarse aún más… y si eso sucede, cualquier cosa es posible…

Una carcajada final… un agradecimiento… y una sinfonía…

Con una carcajada extendida terminó todo… una gran carcajada liberadora y alegre…

Lo que había concluido era mucho… porque hacía tiempo que Juan tenía ese interrogante… y por más que lo analizaba desde distintos enfoques, no lograba una respuesta que lo tranquilizara…

Y antes de soltar ese aluvión de entusiasmo, Juan agradeció… lo más que pudo y lo mejor que pudo… agradeció con entrega y en serio…

¿Qué agradeció?... lo que acababa de vivir… que fue algo así: … como lo había hecho otras veces y con su mejor concentración, Juan lanzó la pregunta hacia lo más profundo de su ser…

Esa pregunta que lo inquietaba… el mayor misterio, se decía… ¿qué sucede después de morir?... lanzó la pregunta y esperó… esperó sin expectativas…

Y luego de sostener un silencio profundo, experimentó como un leve mareo… y luego se sintió "tomado" por una sinfonía gloriosa… no era que él escuchaba una sinfonía… no… de repente, él era la sinfonía… o todo era una sinfonía…

Una "música" universal y conmocionante... a la cual nunca pudo describir con claridad… como tampoco pudo saber el tiempo que duró esa extravagancia…

"Desaparecí –me dijo– … y me transformé en una sinfonía… de
una belleza única"…

Y esto me contó Juan… y me alegré mucho por él… que se lo
merecía…

Un pequeño trance estético… (1)

Miguel había llegado ayer a Atenas… y junto a un par de amigos ya
habían estado visitando algunos museos…

Estaba cayendo el sol y decidieron tomarse un café, de parados,
en un bar del centro…ya era casi de noche, cuando salieron… y
en un momento, Miguel se dio vuelta… y para su gran sorpresa lo
vio… vio el Partenón… arriba… iluminado…

Y algo se le detuvo por dentro… quedó impactado… sin parpa-
dear… y todas sus percepciones se volvieron armónicas… el clima…
la colina… el Partenón… su silencio… su emoción conmovida y
suave…

Miguel alcanzó a murmurarles algo a sus amigos… pero ellos
siguieron con el tema con el que venían desde el café…

Y se sonrió… y volvió a mirar el Partenón… y a su alrededor… y
se dijo para sus adentros: "Este mundo al que no le faltan injusticias,
también está repleto de bellezas"…

Fue un pensamiento que sintió con tanta certeza que, desde esa
tarde, nunca lo abandonó…

Un pequeño trance estético… (2)

Llegó un poco más tarde a su casa… y cuando abrió la puerta de la
pieza, fue como si se abriera el telón de un teatro…

La vio dormida… desparramada en la cama… con su pijama infantil…

Estaba tan bella así durmiendo… que Miguel se la quedó mirando… absorto y con los ojos muy abiertos… como queriendo alargar y eternizar su visión…nunca la había vista tan hermosa… y de a poco, una ternura intensa e inimaginable le fue ganando su interior…

Ella seguía allí... casi inmóvil… y como ajena a los hechos… y con la perfección de una obra de arte…

Miguel, rebosante de ternura, se prometió protegerla siempre… en silencio o a los gritos… de cerca o a miles de kilómetros… pero protegerla siempre…

Y así, como extasiado, fue saliendo de la habitación… y cerró la puerta con un cuidado casi religioso…

Es difícil predecir cuando la vida nos hace estos regalos… momentos sublimes… donde la belleza aparece de la nada... y como divirtiéndose, lo cubre todo…

Un pequeño trance estético… (3)

Miguel entró a esa pequeña iglesita… cerca del Coliseo, en Roma… entró algo distraído y con algunas reservas…

Un ingreso no muy prometedor…. que se le fue reforzando en su negatividad al ver todas esas tumbas… con símbolos mortuorios lúgubres… con calaveras, tibias y otros huesos…

¡Qué desagradable manera de representar las partidas!... pensó para sus adentros… y así, como desganado, siguió caminando… hasta que lo vio…

Vio el Moisés… la escultura de Miguel Ángel… imponente… perfecta… luminosa… como fuera de contexto… y el ánimo de nuestro amigo pegó un vuelco…

Y se quedó como flotando… y la observó en todos sus detalles… atónito… e incrédulo… "¿Cómo pudo hacer alguien semejante hermosura… partiendo de un bloque de mármol?…

¡Qué fuerza y delicadeza habrán tenido sus representaciones mentales!"… pensó nuestro amigo…y recordó la leyenda… que cuenta que Miguel Ángel al terminar esta escultura, le dio un golpe en la rodilla… con un martillo de goma… y le dijo: "¡Ahora habla!"…

"Merecería ser cierto"… pensó nuestro contemporáneo Miguel… y ya saliendo, sintiéndose feliz, le dijo a su amiga: "Tomemos un café… este Moisés bien merece una celebración"….

El lenguaje del fuego...

Dedicado a Silvia Gómez Del Corripio

Maxi está en una etapa solitaria… y este invierno, está más solitario que nunca… el frío y su dirección mental, lo llevan a encuevarse en su casa de las afueras…

De noche, prende su estufa a leña y lee… lee mucho… a veces, hasta que el sueño lo vence… le quedan fondos para sostenerse dos o tres años… y está rumiando qué va a hacer con su vida…

Está por llegar a los cincuenta… y ya probó con variados proyectos… y él sabe que todos fracasaron… algo o mucho… pero todos fracasaron… empezaron dándole sentido… pero en la dinámica, ese sentido se esfumó…

Está buscando algo que no tenga la ingenuidad de los proyectos anteriores… algo que pueda trascender incluso el fracaso… en eso está…

Acaba de cenar y luego de ordenar todo, se dispone a leer… ya de entrada se da cuenta que no cuenta con mucha energía para la lectura… hoy estuvo toda la tarde cortando leña… y apilándola, que es lo que más lo cansó…

Terminando la tercera página, se le empezaron a cerrar los párpados… y se durmió… y luego se despertó... algo sobresaltado…

"El fuego me habló"… con esa frase en su cabeza se despertó… miró el fuego, su fuego, el de la chimenea… el real, se dijo…y todo estaba normal…

"Lo debo haber soñado" se dijo… pero poco le importaba, porque el fuego le había pasado una clave…

Se hizo un té… y trató de reconstruir lo que le había pasado… "Bien… en realidad el fuego no me habló en el sueño… el fuego se movió de un modo… hizo una elipsis… abarcativa y rara… y tuve la impresión que la hizo para mí…

Y con esa elipsis me mostró que esa llama, está hermanada con todas las llamas… y todas son el fuego… y que, si una llama se aísla, se termina apagando…".

Y Maxi fue escribiendo esto que iba recordando… y por dentro sintió un gran movimiento… y se le fueron apareciendo imágenes muy atractivas sobre qué hacer con gente… conocida y desconocida…

Y también fue escribiendo estas ocurrencias… las fue escribiendo por un rato largo… y cuando tuvo la certeza de haber "apresado" bien lo que le acababa de pasar, se fue a dormir… sonriente… y con la impresión indudable que su tiempo de "lobo estepario", empezaba a concluir…

2 canales… y una Fuerza descomunal…

Azucena experimentó algo raro… algo que nunca había sentido… Luego diría que su interior se unió… que, por primera vez, se sintió completa… no dividida…

Que sintió que ascendía… y que luego experimentó unidad interna… Una gran unidad interna…

Luego, también diría, que nunca supo porque tendía a ser tan inestable… que era un impulso que la sobrepasaba… una tendencia desintegradora que la dividía… la dividía completamente…

Que su cabeza parecía tener dos canales… el canal 1, era el de la especulación… el de la disimulación… el del cinismo…

Y que el 2, menos frecuente, era el de una especie de inspiración… el de algunos pensamientos positivos … el de una imaginación creativa…

Que su corazón, también contaba con dos canales… el canal 1, el más habitual, era el de la frialdad… el de la ira contenida… el del resentimiento…

Y que el 2, era el de una ternura como infantil… el de un impulso hacia el acercamiento… el de una especie de compasión…

Que sus acciones también zigzagueaban entre dos canales… el canal 1, donde solo esperaba recibir… y aun recibiendo lo que necesitaba, no lograba sentir una satisfacción profunda…

Y que el 2 de sus acciones, era algo más positivo… pero que sus hechos favorables eran siempre "cortos" … como sin intensidad… débiles…

Y que, en ese vaivén, en ese circuito vivía… como en una rueda continua y sin salidas… hasta que una Fuerza descomunal se la llevó para arriba… la sacó de la rueda, y la hizo ascender…

Y que su división se esfumó… de golpe… y que ahora siente que tiene como un centro… y que dejó de oscilar entre sus antinomias…

Azucena lo agradece siempre… y lo hace repitiendo hacia adentro estas palabras… contenta… y casi como orando…

Dividida estaba…quebrada estaba…
Hasta que una Fuerza descomunal…

Eduardo y la ternura…

"Cuando se siente ternura se aleja por un instante a la soledad… y no sólo a la soledad circunstancial…

Se aleja también a la soledad más profunda… la de nuestra especie… que vive en este pequeño planeta azul... rodeado de una shockeante inmensidad …

Porque la ternura produce una suave chispa… que une aquello que se percibe, con lo que se siente y lo que se piensa…y así, ayuda a que se restablezca la Unidad…

Y al sentir esta Unidad nos conectamos con todo lo existente... aunque sea por breves momentos... y cuando esto sucede, todas las soledades se esfuman...

Tengo la impresión que se busca ternura por miles de caminos… y a veces por intrincados laberintos… pero siempre queriendo volver a esa maravillosa tibieza de corazón…".

Esto me dijo Eduardo, un amigo... mientras caminábamos esta tarde hacia mi casa …

No sé si yo venía algo distraído, o qué… pero me dejó perplejo…

APRECIACIONES

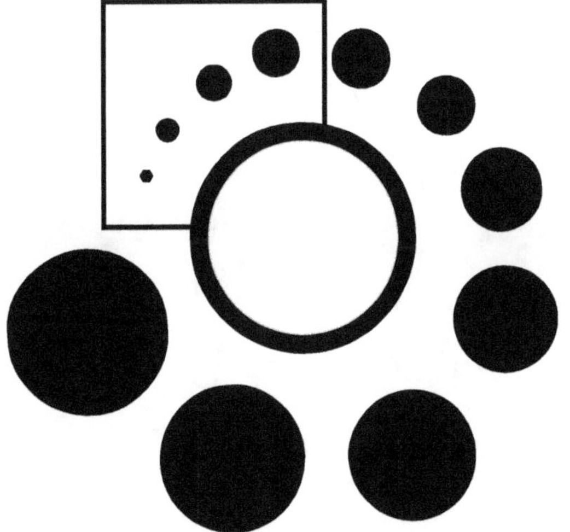

Gente de la que hay que cuidarse...

Existe una franja de jóvenes de la cual hay que cuidarse… y pararles el carro… de algún modo… son como correctos… prolijitos… pero absolutamente desalmados…

Son hijos de esta época… les encantan los números… pero no por admirar a Pitágoras o por tener algún talento en matemáticas… no…

Les encantan los números que tienen que ver con el Dinero… su Dios y máximo valor… conozco a varios… te observan y como decía un amigo, te scanean… y con una scaneada ya calculan cuánto ganas por mes… y sobre todo saben si vale la pena acercarse o "invertir" algo de su tiempo en vos… unos miserables…

Por fortuna también conozco otro tipo de jóvenes… solidarios… idealistas… divertidos… a los cuales les gustan las personas…

Pero los otros… son capaces de perjudicar y joder a su gente más cercana… y lo hacen, por ejemplo, para poder tener un auto que les de más prestigio… unos miserables…

Esta es una época muy mezclada… y dentro de la mezcla, aparecen estos tontos engreídos y pedantes… pretendiendo ser "ganadores" en esta sociedad… una basura de modelo…

Gente de la que hay que cuidarse… aunque parezcan encantadores… tengan el cutis terso y la mejor sonrisa de ocasión…

El "bolastristes"

Definir a un "bolastristes" no es tarea sencilla… No conozco el origen de este apodo… pero puedo sospechar que el inventor del término, tuvo un golpe de inspiración… y pudo describir con mucha justeza a alguien…. que no gozaba de muchas alegrías alrededor de esas zonas corporales…

Varias mujeres de mi familia usaron esta calificación… y siempre me divirtió escucharlas… Para ellas, era también una forma de evitar decir "boludo" … que en algún ambiente y en otra época era una palabra un poco fuerte…

He conocido a varios "bolastristes"… Algunos temporarios, como teniendo una mala racha… y otros que parecían haber nacido con ese destino…

El "bolastristes" me suena como alguien apagado, sin voltaje… y cercano al "chupacirios"… con una educación donde el cuerpo y el sexo eran algo como pecaminoso…

Y esto es todo… la tristeza no es algo agradable… y si se instala como emoción permanente, es peor… No es agradable ni en las "bolas"… ni en el corazón… ni en los pensamientos…

Fue memorable el otro día escuchar a alguien que decía: "… háganme el favor, metánse la tristeza en el or…"

Unas margaritas… y dos miradas…

Estoy recordando que las margaritas son unas flores que suelen ser blancas… con un centro amarillo… y este recuerdo no es sólo una actividad cerebral…

Por ejemplo, hay emociones ligadas al recuerdo… y pueden ser las flores más lindas… o las más horribles… de acuerdo a quien las esté recordando…

La Neurociencia, hoy tan de moda, parte de otra mirada… biológica… y nos explica que ese recuerdo se produce por el vínculo entre una cierta cantidad de neuronas… y que esta actividad se da en cierta zona del cerebro…

En psicología descriptiva, a este recuerdo, el de las margaritas, se lo encuadra dentro de las actividades de la conciencia y de la memoria…

Y partiendo desde el registro, desde la experiencia, se lo define como un fenómeno psíquico...

Hay un observador... que es el que recuerda... y hay algo que es recordado... en este caso, las margaritas...

La psicología descriptiva alienta y apoya el estudio de las bases fisiológicas de las manifestaciones psíquicas...

Pero lo hace partiendo de otra mirada... Y, por ejemplo, no confunde al lugar "físico" donde se produce el fenómeno, con el fenómeno en sí...

Para quienes seguimos esa línea de pensamiento, el ser humano no es un animal racional... no es un "cacho de carne", al que de vez en cuando, se le ocurre una idea...

Para nosotros el ser humano es un ser histórico-social, en continua evolución... y cuenta con una prótesis, el cuerpo, para expresarse en el mundo...

Y si coincidiéramos en que no somos animales racionales... es poco coherente que nos sigamos estudiando como si lo fuéramos...

Un vals vienés... una zamba... y el perreo...

Si observamos bailar un vals... o una zamba criolla... o un tango... vemos una cierta distancia entre los bailarines... y un cortejo sutil... y movimientos solo insinuantes...

Pero, así como existe el ying, existe el yang... el perreo... que también es una danza... aunque a más de uno le gustaría no incluirlo en esta clasificación...

Si podemos observarlo con pocos prejuicios, el perreo tiene algo de tribal y de ancestral... aunque es contemporáneo...

Y no entiende de sutilezas ni de distancias... es una sacudida... un shock casi grosero... pero ahí está, mostrándonos algo...

Quizás nos muestre que, para una franja de las nuevas generaciones, se acabó la hipocresía y el puritanismo encubierto…

También nos pone delante de los ojos una certeza… que el tiempo ha pasado… y que algunas sensibilidades se fueron con él…

Y que, en esta época, si alguien quiere algo lo expresa claramente… sin vueltas… y que, para muchos, el tiempo es hoy… porque para estos muchos, mañana es solo una hipótesis…

Quizás también muestre una especie de triunfo epicúreo… donde lo importante es "disfrutar" ya… un disfrutar sensual y corporal… que es como un "tono" y un valor general de esta época…

El perreo no es elegante, más bien es algo tosco… pero tiene la brillantez de su transparencia…

Para el ojo mojigato, el perreo es un baile bastante escandaloso… lo que le suma gracia… por lo menos, para mí…

Mentalidades hermosas… (1)

"El Dinero es todo"… señaló Silo… hace unos 20 años… y esta afirmación parece seguir robusteciéndose…

Ejemplo 1… periódico de mayor circulación… ciudad de Mar del Plata, Argentina… nota destacada de tapa… "Los turistas dejaron en la ciudad 350 millones de pesos este fin de semana largo".

Esto es lo único que importa… ahora, si los turistas disfrutaron… si fueron bien tratados… si alguno se conmovió o se inspiró frente al mar… si hubo gente que hizo nuevos amigos… en fin… la parte humana del turista, cero… la billetera del turista, cien…

Ejemplo 2… periodista de Tv… insistiendo con el costo económico que tiene para el país, que un joven extranjero pueda estudiar en la Universidad pública… durante la explicación, al joven se lo representa como una cosa… como un número…

Que este joven estará agradecido toda su vida, nada… que este joven va a poder seguir su vocación, nada… que existe una posibilidad que luego de recibido se quede a vivir aquí, nada… en fin, la parte humana del joven, cero… la billetera del "país", cien…

Son sólo dos ejemplos… de esta suerte de naturalización del Dinero como mayor valor… sin pudor ni disimulos…

Es como grotesco… ¿no?… y no es verdad que siempre fue así… Afortunadamente, existen personas y grupos humanos que intentan poner en pie nuevas realidades... con nuevos valores…

Estas últimas son las personas del futuro… ¡Ayudémoslas!… lo demás es una triste, opaca y gastada repetición…

Mentalidades hermosas… (2)

"El Dinero es todo"… señaló Silo… hace unos 20 años… y esta afirmación parece seguir robusteciéndose…

Ejemplo 1… unos chicos con promisorio futuro deportivo, aceptan participar de variadas fiestitas sexuales… claro, a cambio de 2000 o 3000 pesos…

Hacerlo los acerca a lo que quieren… las últimas zapatillas… la última campera… o esa ilusoria sensación de que Dios, o el Dinero, está más cerca…

¿Cómo se habrán sentido después?… importa poco… cero, diría… Ahora, la fascinación de portar la campera nueva ante el ojo ajeno… ¡ah!… eso tiene mucho valor… cien, diría…

Ejemplo 2… miles de jubilados que ganan la jubilación mínima, no prenden sus estufas en invierno… porque no podrían pagar la factura…

Humanismo de los que deciden esto… cero, diría… palabras y argumentos que pretenden justificar lo injustificable… cientos, diría…

Son sólo dos ejemplos… de esta suerte de naturalización del Dinero como mayor valor… sin pudor ni disimulos…

Nunca fue completo analizar cualquier caso puntual, sin observar los valores predominantes en la sociedad… ese "ambiente", en que todo caso puntual está incluido….

Es muy evidente que el Sistema tiene como máximo valor el Dinero… y genera la ilusión que, cualquiera con dinero, podría ser feliz… y ahí vamos…

¿Y los seres humanos?… ¿sus afectos… sus sueños… sus talentos?… ¡ah!… por allá abajo los veo en la escala de valores del Sistema…

Es como grotesco… ¿no?… y no es verdad que siempre fue así… Afortunadamente, existen personas y grupos humanos que intentan poner en pie nuevas realidades… con nuevos valores…

Estas últimas, son las personas del futuro… ¡Ayudémoslas!… porque lo demás es una triste, opaca y cruel repetición…

Silencios…

Hay muchos tipos de silencios… los hay grupales… también individuales… hay silencios sin sonidos… auditivos serían… hay silencios ambientales…

Existen silencios breves, pero muy intensos… y otros largos, como extendidos…

Hay silencios tensos… y otros de compromiso… que casi no merecerían llamarse silencios…

También hay silencios de gran regocijo emocional… como si la mente se detuviera, para que el regocijo sea pleno…

Por otro lado, hay silencios mentales… de distinta profundidad… además, parece haber silencios oníricos… cuando no se registra ninguna actividad mental y el ritmo del cuerpo baja al mínimo…

Cada cual tiene su propia experiencia con los silencios... pero hay uno que suele ser bastante habitual...

Es el silencio que se genera en un individuo o en un conjunto, cuando lo que se percibe es bello... bello en serio...

Puede darse en la exposición de algún arte... o ante la percepción de algún acontecimiento armónico o cubierto de belleza...

El conjunto o el individuo suelen quedarse como pasmados ante esas percepciones... como quietos por dentro... como si no se quisiera interrumpir el despliegue de esa armonía...

Solo parece existir el/los que observan y el acontecimiento... y nada más en el medio... sea este acontecimiento visual, musical... o de una mezcla de sentidos...

Un místico del siglo XIII, dijo: "No hay nada en todo el Universo que se parezca tanto a Dios, como el silencio"...

Seguramente no será así en todos los casos... pero me atrevo a decir que, en varios tipos de silencios, la metáfora es muy certera...

Procesos...

Lindo país el del norte... vas a un recital y un tipo abre la ventana de un hotel y empieza a los tiros... y desgraciadamente, acierta muchos....

Vas disfrutando tranquilo en bicicleta y un tipo, a propósito, te embiste con su camioneta y te mata a vos y a tus amigos...

Vas a rezar a una iglesita perdida de un pueblo... y un tipo entra, y sin decir "agua va" mata a todo lo que se mueve...niños, ancianos, madres, etc.

Y no son tres casos aislados... son parte de centenares de episodios, donde la violencia irracional termina en la muerte de muchos... es una sociedad extraña... que engendra, casi con exclusividad, este tipo de monstruos demenciales… lo más curioso es que para muchos, esta sociedad sigue siendo un modelo a seguir…

"Hoy el dinero es todo", dijo Silo… evidentemente esta sentencia vale para las personas que todavía "admiran" estas sociedades…

Porque el publicitado "sueño americano" hace tiempo que se ha convertido en una pesadilla… y de las peores…

Sonidos y significados…

A mi alrededor siempre aparecen sonidos… y muchos de ellos ya cuentan con un significado asignado…

En la ciudad en que vivo, como en cualquiera, si la sirena es de un modo, son los bomberos… si es de otro, una ambulancia… o un patrullero policial… todos estos sonidos suelen ser, a propósito, casi o muy irritantes… es difícil que alguien no los escuche…

En mi casa, como en casi todas, el portero eléctrico tiene un tipo de sonido… el timbre de la puerta otro… el teléfono tiene sus campanadas características…

También si mi móvil suena de una manera, es un whatsapp… si suena distinto, es Gmail… si el sonido es otro, alguien me requiere en un chat…

Todos son sonidos artificiales y que incluyen una convención, un acuerdo general… pero como todos los estímulos, están sujetos a nuestra subjetividad…

Por ejemplo… me alegra escuchar al portero eléctrico si espero a alguien querido… me irrita el sonido del teléfono, en el horario en que llaman vendedores de cualquier cosa…

Se transforma en agradable el sonido del móvil, si enseguida aparece el nombre que esperaba… y en inquietante, si detrás del nombre que aparece, imagino algún problema…

También, a veces, he alucinado sonidos… cuando la expectativa con la que esperaba un contacto ha sido muy intensa…

Y ampliando un poco el asunto, recuerdo haber soñado con sonidos significativos… con truenos que me mostraban la Fuerza… con un sonido de lluvia que, curiosamente, no me mojaba… con sinfonías de sublime belleza… con gritos de advertencia benéfica…

Y mucho me agrada el sonido de casi todas las carcajadas… y los sonidos armónicos que tiene el optimismo verdadero…

Por otro lado, cada vez me gusta más la ausencia de sonido… por ejemplo… si logro escuchar en serio… sin sonidos o ruidos mentales… a este gusto lo experimento con mucha claridad…

SITUACIONES

Encuentros y desesperaciones...

Se conocieron en Guinea Ecuatorial, al oeste de África... él tenía unos treinta y poco... ella algo menos...

Él difundía allí las propuestas del Nuevo Humanismo... ella era médica de una ONG...los dos hacían algo para aliviar los males de ese medio... que eran tantos, pero tantos...

Conversaron todo lo que pudieron y la necesidad los llevó a acompañarse en las noches...

En el silencio nocturno se despojaban de los roles que, de día, solían utilizar... y aquello disimulado, aquello que con prudencia ocultaban de día, por la noche afloraba urgente y sin cesar...

Se buscaron y se encontraron todo ese tiempo... y ya de vuelta en sus países intentaron continuar con la relación... pero algo les faltaba...

Se dieron cuenta... los dos... después de sincerarse, lo notaron... les faltaba aquella imperiosa y ya lejana necesidad de cada día...

Y mirándose a los ojos por última vez, coincidieron en el diagnóstico: "Allá nos unió la desesperación... y aquello que sentimos, es imposible que lo podamos crear artificialmente ".

Un Ángel y un canario...

Ángel vivía en una nube, como todos los ángeles... con esa extraña sensación de no saber para qué había nacido... y esto lo llevaba a "volarse" del mundo con facilidad...

Ella no podía vivir sola... mejor dicho, podía, pero no le gustaba... era de ese tipo de personas que después de lavarse la cara, necesita ir relatándole su vida a alguien...y así se conocieron y se unieron... él de vez en cuando, pisaba la tierra...y Mónica, muy a menudo, lo trataba como a un hijo… se compensaban… se complementaban y se necesitaban… todo junto y a la vez…

Pero también se divertían mucho… vivían en una ciudad grande y frecuentemente hostil… y esto aumenta, a veces, la necesidad de contar con un refugio…

Ángel escribía cosas sueltas… y era un talento en ciernes, pero el "en ciernes" ya llevaba muchos años… aunque a su favor, él conservaba una mirada insólita, burlona y algo cínica…

Mónica era "concreta"… se ocupaba de todo lo que requería algo de dedicación, tiempo y esfuerzo…

Hacía bastante que vivían juntos… pero no estaban pasando por una buena etapa… y la muerte del canario desencadenó la ruptura…

Ella siempre le decía: "cuando te duches, abrí la puerta de la cocina… porque el fuego del calefón quema el oxígeno y puede matar al canario"… que siempre estaba en la cocina, claro… amarillito, nerviosito y ágil…

Él era olvidadizo… y ese día el canario se quedó tieso en una tarde invernal… y cuando Mónica lo vio muerto, se le desató un vendaval por dentro…

Ella le fue poniendo la ropa en una mochila y en un bolso, hasta le puso dinero en el pantalón… sin hablarle, le pidió la llave… y él culposo y cabizbajo, se la dio…

Y Ángel se fue caminando, cargado y solo… se fue, como dice un tango "…acobardado, como un pájaro sin luz"…

Después del enojo, a ella lo vivido le quedó ubicado en el estante "Aprendizaje" … a él, digamos que lo vivido le quedó adentro… así, algo difuso y en general… porque, como sospecharán, Angelito dentro de sí no contaba con estantes…

Tiempos intensos…

Dedicado a Ana Lía Dellacasa

Dantón estaba preso… sabía que era su noche final… y pidió como última gracia ver a su amante Clarisse… habían pasado cinco años desde el comienzo de la Revolución francesa, en 1789.

Tenía solo 34 años… y siempre supo que las discrepancias sobre la forma de llevar adelante la revolución, podían terminar en el filo impiadoso de la guillotina…

Y ese filo lo esperaba por la mañana siguiente… y se imaginó pasar esa noche con Clarisse… para olvidarse de las desventuras, las traiciones y los errores…

Pero cuando ella llegó, sus emociones y planes cambiaron… la abrazó largamente y la fue aconsejando, despacio, sobre cómo moverse cuando él ya no estuviera…

Dantón, extrañamente, fue sintiendo que tenía todo el tiempo del mundo… y fueron conversando de trivialidades y de recuerdos compartidos… y parecía que las horas no pasaban…

Pero empezó a clarear… y desde esa inspiración que a veces produce la certeza del fin, le pidió a Clarisse que tomara nota de lo que iba a decir… y él le fue dictando: "Franceses… he dado todo por aquello que creí justo… y como un desatino, mi vida se irá pronto… y no tendrá retorno…

Aquí en mi final, recuerdo lo mejor de mi vida… recuerdo las mañanas frescas en las colinas… recuerdo las carcajadas voraces de mis amigos… recuerdo el amor temprano… recuerdo mis mejores decisiones… y la fuerza desbordante de mis ideas más felices…

Ninguna oscuridad tomará mi interior… nada tiene la fuerza suficiente para llevarme a las sombras. Y aunque mi vida no será larga, tuvo la intensidad y el fuego del relámpago… y muchos, no me olvidarán… ellos, están hoy en mi corazón y en mi cabeza… seres leales y necesitados de mejor vida…

Ellos están muy dentro de mí… por eso les pido que no se olviden, no se olviden de mostrar mi cabeza al pueblo… ellos se verán reflejados en ella… vale la pena que lo hagan…".

Al finalizar Dantón lloró conmovido…y le pidió a Clarisse que escribiera una copia más del texto y las firmó… y le dijo que le entregara una a los guardias, antes de la ejecución… y que la otra, se la entregue a sus amigos leales…

Por la mañana se sintió lúcido…. y saboreó sus últimos minutos caminando erguido, tonificado y burlón hacia su destino… mientras en voz baja, iba repitiendo una y otra vez, sus palabras finales…

Salidas cobardes…

¡Sos de Acuario!...¡Sos de Acuario!... le dijo ella, subiendo y afinando algo más su voz, que ya era fina… y él sintió que algo se le desgarraba por dentro… nada grave… pero su paisaje interno acababa de sufrir una herida de norte a sur…

Fue en los comienzos de los 70 en el café La Paz… en Buenos Aires… tiempos creativos, tumultuosos y muy mezclados…

Él, visto desde hoy, era un "revolucionario de café"… algo solemne, con berretines de intelectual y muy querendón con las chicas… Ella era linda... tirando a muy linda... rubiona y, como decía un amigo, tenía ese clima algo centrípeto y banal de "chica de tapa de revista Gente"…

Él apuró el último sorbo de café…. y su pretencioso racionalismo no le permitió dejar pasar esa referencia, algo superflua, sobre su horóscopo...

Y quedó muy inquieto por dentro… sintiendo esa contradicción en vivo… y sabiendo que no tenía vuelta atrás… porque el hechizo de la belleza rubiona se le había esfumado…

Arnaldo, que así se llamaba, sólo pensaba en una manera elegante de salirse de la situación…

Pero no encontró la elegancia y ni hablar de algo de sinceridad… y lo terminó haciendo de un modo bastante cobarde: "Disculpame Andrea… me olvidé la billetera en casa… voy a buscarla y vuelvo"… se paró y salió del bar… vivía en Villa Urquiza y claro… nunca más volvió…

Extremos sociales…

Le decían Luz… aunque ella, en realidad, no tenía nombre… ni documento… parecía tener unos 30 años… era analfabeta, y no tenía derechos de ningún tipo… era poco más que una mascota para sus amos… era esclava morena, allá por el año 1825 en la ciudad de Buenos Aires…

Era una gran cocinera… y su ternura afloraba en el trato hacia los hijos de sus patrones… Antonia apenas sabe leer y escribir… vive en los suburbios de Buenos Aires en este año, el 2017… tiene 30 años y es también morena… pero no por ascendencia africana sino por sus antepasados guaraníes…

Antonia tiene nombre y apellido… y documentos… vota cada 2 años… y hace magia en la cocina para darle de comer a sus tres hijos… trabaja en lo que puede… haciendo changas de cualquier tipo… y su ternura aflora todas las mañanas, cuando se levanta heroica para hacerle frente a todas sus desgracias…

Ellas han sido y son los "últimos orejones del tarro" … de una sociedad que no logra despojarse de sus injusticias…

Las distancian unos 150 años… hoy, si lo miramos bien, Antonia cuenta con unas pocas posibilidades más que aquellas casi nulas que tenía Luz…

También parece ser evidente que, en este estrato social, el tiempo histórico evolutivo también va… pero va más lento…

Es como si ese latido evolutivo se fuera debilitando... a medida que se va trasladando... desde el céntrico asfalto hacia los confines de la periferia...

Sincronías…

Estaban sentados en el Bar Británico, de San Telmo… cerca de una ventana… la conversación parecía intensa y seria…

Tendrían alrededor de 35 añitos… él la escuchaba… como azorado y con pesar... ella algo seria, pero entera… se notaba que era suya la decisión…

Por mi parte, leía... y saboreaba un café a un par de mesas de ellos… debo reconocer que la intensidad de su encuentro, despertó mi curiosidad…

Él le hablaba de sus hijos… lo que pasaría con ellos… ella lo escuchaba firme, mientras movía su cabeza de derecha a izquierda… como si él no la entendiera…

Luego de un largo rato, ella se puso de pie… tomó su cartera… se despidió de él… y encaró hacia la puerta…

Cuando cruzó la puerta, él se agarró la cabeza con ambas manos… como si tuviera que reforzar su cráneo… por el clima desesperado de sus imágenes…

Apoyó sus codos sobre la mesa y se quedó así… estupefacto…

Y de golpe… casi como una broma… o como acompañando la desdicha del amigo… empezó a sonar el Polaco Goyeneche… cantando-diciendo: "Yo te di un hogar… siempre fui pobre, pero yo te di un hogar"…

Fue una sincronía rara y exacta… Por mi parte, volví a mi libro y a mi café… pensando en estos acontecimientos afectivos… y en sus imparables vaivenes…

Finales bravos…

Nadie hubiera merecido sufrir en esa tarde soleada y fresca… porque esa tarde era una invitación a la felicidad…

Pero lo humano se escapa, a veces, de las armonías... y ahí estaba Guillermo… sentado en una plaza… con sus dos manos, tapando su rostro… más precisamente sus ojos…

Los tapaba en un rito gestual inútil… porque aquello que no quería volver a ver, ya estaba en su interior… en su conciencia…

Y se le había expandido tanto adentro, que todo lo demás se le había esfumado… la plaza… la tarde… su vida… sus amigos… su trabajo… todo se le había desdibujado…

Se le había caído definitivamente su sentido provisorio… la pareja, los hijos y el hogar… unos 10 años, se había esforzado por sostener ese proyecto o ese sueño…

Germán, su primo se lo había anticipado… "Ojo, Guillermo… estás poniendo todos los huevos de tu felicidad, en una canasta que no depende solo de ti"…

Y Guillermo, medio se había enojado y lo había tratado de pesimista… pero Germán se lo decía con cariño… "Mirá que estamos en una época de cambios vertiginosos… y tu sueño no contempla ninguna variación"…

Pero era tal la fascinación de lo que quería, que no pudo evitarlo…y ahora se sentía vacío y fracasado… pero aún en ese estado general, algo como un aire de futuro le llegó desde algún lugar de su interior…

Sacó las manos de su rostro… respiró hondo y pensó: "No estaría mal llamarlo al cabrón de Germán"… y una leve, levísima sonrisa se le dibujó en la cara…

Irrupciones humanas…

El clima era festivo… y estaba en todo el ambiente… y como siempre, esa festividad era contagiosa…

Y eran momentos propicios… para animarse a expresar emociones que se venían sintiendo… para intentar comunicar pensamientos que ya se venían mentando…

Era como si el ambiente precipitara pequeños procesos humanos…

Y ahí estaba Ernesto… en la cola para pagar impuestos… que no saben de emociones y que siempre llegan, implacables…

Y cuando estaba cerca, empezó a observar al cajero… que ya lo conocía… y le parecía un hombre gris y apagado… Eficaz, cumplía su función… pero nunca una expresión algo divertida… o por lo menos, discordante…

Llegó su turno… Ernesto lo saludó mecánicamente, dejó su impuesto y esperó que le dijera cuanto tenía que pagar esta vez…

El cajero se lo dijo… pero luego, se animó… y le preguntó a Ernesto: "¿Hace cuánto vivís en el barrio?"… y lo hizo con una sonrisa… como si, de golpe, hubiera tomado una copa de un licor vivificante. Y siguieron las preguntas y las respuestas… y los comentarios…. con un clima estupendo… y el cajero en segundos, se transformó casi en un amigo…

Se despidieron con un incipiente afecto… y Ernesto se quedó pensando… en que un buen ambiente ayuda a que se exprese lo mejor… y por el contrario, cuando el contexto es tenso y oscuro… nada… como todos sabemos, contribuye a que surja lo peor…

Claro… también hay superhéroes que son inmunes a la influencia del ambiente… pero son los menos… y sí… por eso son superhéroes…

Cruel y compasivo…

¿Puede alguien pasar de ser casi cruel a, en segundos, ser valiosamente compasivo? Claro que puede… y podría parecer que son dos personas distintas…

Venía en el bus… con esa ilusión de modernidad habitual… aire acondicionado y la mayoría de los pasajeros introspectivos… escuchando música con sus auriculares o consultando sus computadoritas portátiles… a los que aún llamamos teléfonos…

Y lo observo al chofer… casi maltratando a una mujer… que le consultaba nerviosa sobre el lugar donde necesitaba bajar…

La mujer se da vuelta y camina hacia atrás… más confundida que antes de preguntar… hasta que un joven muy dispuesto se le acerca y la empieza a orientar…

Habremos hecho unas cuatro cuadras… y en una nueva parada, intenta subir un hombre con muletas…y el chofer se sale de su asiento… se pone de pie… se acerca al hombre… y con mucha delicadeza, le pide las muletas… y luego lo abraza, ayudándolo a subir.

Después, lo ayuda a sentarse… y vuelve a su asiento de conductor… y se escuchan desde el fondo unos aplausos… que se contagian a casi todo el pasaje… casi, porque los de los auriculares siguieron en su burbuja… en su inasible mundo hermético…

El mismo chofer… de cruel a compasivo… en segundos… me encantaría saber qué fue lo que generó en él semejante cambio…

Y me quedé reflexionando… reconociendo movimientos internos parecidos en mí… yendo desde la nada, hacia algo parecido a la inspiración… corriéndome de mi "mundito" y después de ese movimiento, experimentando que "existen" otros cerca de mí…

Movimientos internos… pediré para que el "piso" de mis movimientos sea cada vez más alto… y para que el techo…mmm… mejor pediré que no tengan techo…

ÍNDICE

www.ingramcontent.com/pod-product-compliance
Lightning Source LLC
Chambersburg PA
CBHW061520120726
48001CB00004B/1367